Philippe Alencar

Lua Rubra

Copyright© 2021 Philippe Alencar

Todos os direitos dessa edição reservados à editora AVEC.

Nenhuma parte desta publicação poderá ser reproduzida, seja por meios mecânicos, eletrônicos ou em cópia reprográfica, sem a autorização prévia da editora.

Editor: Artur Vecchi
Projeto Gráfico e Diagramação: Vitor Coelho
Design de Capa: Vitor Coelho
Ilustração de Capa: Girleyne Costa
Revisão: Gabriela Coiradas
Consultoria Editorial: Increasy

1ª edição, 2021

Impresso no Brasil/ Printed in Brazil

Dados Internacionais de catalogação na Publicação (CIP)
(Câmara Brasileira do Livro, SP, Brasil)

A 368

    Alencar, Philipe

    Lua rubra / Philipe Alencar.
    – Porto Alegre : Avec, 2021.

    ISBN 978-65-86099-96-6

    1. Ficção brasileira
        I. Título

CDD 869.93

Índice para catálogo sistemático: 1.Ficção : Literatura brasileira 869.93
Ficha catalográfica elaborada por Ana Lucia Merege – 4667/CRB7

Caixa Postal 7501
CEP 90430-970 – Porto Alegre – RS
   contato@aveceditora.com.br
   www.aveceditora.com.br
   @aveceditora

A Doutrina Sagrada diz que três anjos prepararam o mundo para que a humanidade pudesse surgir. Eles foram enviados pelo Eterno para exterminar os répteis gigantes que reinavam soberanos. Eram os guerreiros divinos, cujas asas criavam tempestades e os punhos esmagavam montanhas. Deixaram três enormes crateras quando caíram no mundo, todos ao mesmo tempo.

Um anjo caiu no mar.

Um no deserto do leste.

E um nas terras que passaram a carregar o seu nome: Fáryon.

Não há mais sinal dos répteis, tampouco dos anjos, mas a história está escrita no Tomo da Verdade, que os sacerdotes do Eterno espalham por todos os ducados do reino.

Há perigos, porém, que os três anjos não puderam extinguir.

Males que vieram com os humanos, porque são fruto da ambição deturpada, da monstruosidade obtida através da magia, da busca insaciável por poder.

Homens que se transformaram em algo que jamais deveria existir. Agora não passam de monstros, criaturas horrendas que desafiam a vontade divina.

E contra estes o Eterno ainda não enviou ninguém.

O Castelo dos Sussurros

VÍKA

A vida era um enorme buraco.
Havia pouco mais que um profundo vazio naquela garota, mas ela insistia em continuar cavalgando, mesmo sem entender o motivo pelo qual queria sobreviver. Pequenas listras de sangue escorriam pelo braço, descendo à altura dos cotovelos, enegrecendo e secando, até que as feridas descascavam e faziam sangrar de novo. Também havia se arranhado nos ombros e nas pernas, mas esses ferimentos ficavam escondidos sob os panos encardidos da bata de lã cinzenta, farrapos que a madrasta costurara e dera o nome de vestido. Os trapos estavam imundos, mas era melhor trajá-los do que deixar o vento gelado chicoteá-la. As canelas continuavam a sofrer, porque não havia nada ali que não fosse pele e osso. Até as velhas e surradas botas de pano foram perdidas num lamaçal qualquer.

Vou congelar... ela pensava, mas continuava a cavalgar.

Era outono, e, no noroeste de Fáryon, o frio era inclemente.

Nada restara do vilarejo onde morava. Foi tudo muito rápido. Ela viu quando atearam fogo nas casas e cortaram a garganta de todos os que tentaram resistir. Os anciões costumavam contar muitas histórias sobre criaturas horrendas. Mas, no mundo real, os monstros eram homens com aço nas mãos; e podiam fazer chover sangue num dia que prometia ser azul. Ela já havia visto a morte uma dúzia de vezes, mesmo antes do ataque.

Era normal ali, naquele monte de lama e casebres que ela chamava de lar. Os mais velhos quase sempre morriam depois de longas noites de febre e tosse, e até os jovens podiam perecer repentinamente, vítimas de doenças e pragas. A menina perdera todos os que um dia amara ou odiara. Parecia natural, aos olhos dela, que as pessoas morressem. Não tinha mais do que cinco anos quando perguntara o motivo ao pai.

— Morremos porque vivemos, filha — ela lembrava das palavras dele, seu rosto sempre tomado por um sorriso mínimo, mesmo quando os olhos revelavam fadiga. — Nosso corpo é apenas uma casca — o pai mostrou-lhe uma noz rachada. — Quando a casca se quebra, ou fica velha demais, nosso espírito sobe aos céus e une-se ao único Deus. Aquele que chamamos de Eterno. A ele pertencemos e um dia voltaremos para perto de nosso criador — terminou de quebrar a casca, oferecendo a noz à filha.

A garota comeu o fruto em lentas dentadas enquanto refletia sobre as palavras do pai, mas algo dentro dela teimava em não acreditar totalmente naquilo. Por que aquela frase não fazia sentido aos seus ouvidos? Se havia mesmo um deus, por que a vida era tão... injusta?

A morte viria algum dia. Essa parte ela entendia e aceitava sem muito indagar, mas a garantia de paz eterna no pós-vida parecia algo demasiadamente bom para ser verdade, e ela não estava acostumada a experimentar coisas boas com muita frequência.

Sentia fome quando se deitou para dormir na noite anterior, como de costume, sem se esquecer de rezar para Santa Lenna, a Mãe dos Pobres, em uma série de curtas orações que se desenrolavam mais por obrigação do que por fé. Mesmo que nutrisse uma pequena esperança no fundo do coração, não esperava que realmente algum milagre pudesse acontecer. O desjejum viria na forma de uma pequena noz e um pedaço de pão duro, se tivesse sorte.

Porém, não houve desjejum, embora os corvos pairassem sobre um banquete.

Ela acordou num salto, assustada. Os berros desafinados e o som do aço cortando carne formavam uma macabra melodia. Foi tudo tão rápido que ela quase não pôde entender o que estava acontecendo.

Parecia um pesadelo. Desejara que fosse. Desejara em vão.

Mesmo sem acreditar em milagres, implorou aos santos para que um acontecesse.

— Pegue o cavalo do leiteiro e fuja — ordenara-lhe o pai. O sorriso habitual dera lugar a um semblante afoito. O leiteiro já estava morto.

Vika tentou perguntar o motivo pelo qual estavam sendo atacados, mas o pai ergueu-a com força e o mundo girou. Quando percebeu, já estava sobre o cavalo, segurando as rédeas, tentando domá-lo. Ouviu um gemido atrás de si e não soube o que pensar quando viu o pai estirado no chão, com uma flecha cravada nas costas e o sangue misturando-se à lama.

Estava morto, mas o que distinguia a vida da morte? A *casca* parecia ser a mesma de sempre, apenas com um pequeno furo por onde o sangue se esvaía.

Tudo que uma pessoa pode ser.

Perdido na ponta de uma flecha.

A realidade parecia querer esmagá-la, mas ela seguia em frente sem vacilar, em meio à cacofonia de gritos, espadas cortando carne e chamas devorando madeira. Seu instinto de sobrevivência teimava em fazê-la lutar, mesmo em meio àquele caos. Quando olhou por sobre os ombros, logo após sair do vilarejo, enxergou as línguas de fogo consumindo as casas e as pessoas correndo de um lado para o outro.

Compreendeu que não poderia mais voltar.

Dois homens seguiram em seu encalço. Um deles ainda arrastava um cadáver com uma corda, divertindo-se ao ver sua face raspar contra a lama, mas teve de livrar-se dele para dar mais mobilidade ao seu cavalo de guerra, cujos cascos faziam nascer um ritmo sinistro ao golpear o chão.

Vika se agarrava ao garrano do leiteiro e tentava controlar as rédeas, mas sua montaria estava disposta a escolher o próprio caminho. O animal parecia entender que sua vida também dependia daquela fuga. Descia e subia os pequenos desníveis com desenvoltura, por entre terrenos pedregosos e lamacentos, ao passo que os cavalos dos perseguidores ziguezagueavam pelas árvores que a garota já havia deixado para trás. O garrano podia ser menor e não tão rápido quanto as montarias dos algozes, mas seu passo era firme, mesmo num terreno tão irregular como aquele.

Quando chegaram à região cerrada da floresta de pinheiros, o sol já ia se pondo e o vento começava a uivar mais ferozmente, e o garrano encontrou uma trilha reta e pôs-se a percorrê-la. Levou poucos segundos para Vika perceber que o cavalo tomara uma péssima decisão. O caminho linear era uma vantagem para cavalos maiores, com passadas mais longas, de modo que os perseguidores diminuíram a distância.

Por fim, saiu num pequeno lago, com pedras a formar um estreito caminho sobre a água. O garrano, que antes parecia decidido a fugir a todo o custo, freou bruscamente e se recusou a ir adiante, agindo de maneira estranha, tornando-se mais agressivo. Vika desceu e começou a atravessar a pé. Quase escorregou ao pisar na segunda pedra, mas seguiu sobre as rochas escorregadias até chegar ao outro lado. Quando olhou para trás, viu os dois perseguidores cercando o garrano, que se mantinha parado, como se aceitasse o destino cruel que logo viria buscá-lo.

Os homens, porém, não fizeram menção de avançar. Não portavam estandartes e símbolos de famílias importantes, e suas armaduras eram peças desencontradas e gastas.

Até uma criança compreendia que aqueles não eram cavaleiros de verdade.

Eram bandidos. Ou mercenários.

— É só uma remelenta — rosnou um dos homens ao parceiro, sua cota de malha era velha e incompleta. — Vai morrer de fome ou frio, isso se não for atacada por um gato-do-mato ou coisa pior. E ainda que tente subir, duvido que sobreviva até alcançar o topo.

— É uma bruxa criança? — perguntou o mais velho. Um meio-elmo escondia parcialmente o seu rosto, deixando uma barba cinzenta e suja à mostra. — Esconde-se no lar dos maus espíritos?

— Vamos voltar — sugeriu o outro. — Levamos o cavalo dela e partimos daqui.

— Ou talvez... — o velho tinha outra ideia. — Reunimos todos os nossos homens e subimos o morro. Ouvi dizer que estão oferecendo uma bela recompensa para quem matar o...

— E você sabe quantos já tentaram e não conseguiram, velhote? — seu companheiro o desencorajou. — E é o duque quem está pagando a recompensa. Você acha que ele pagaria a nós, depois de tudo o que nós fizemos aos servos que trabalham nas terras dele?

Os dois entreolharam-se por um breve momento, em silêncio, até que o velho desistiu da ideia. Vika não entendia exatamente o porquê de os homens simplesmente não atravessarem o lago, mas agradeceu aos santos quando percebeu que eles não estavam dispostos a continuar a caça. Os homens a encararam uma última vez, depois deram meia-volta e levaram o garrano com eles, voltando pela floresta.

Vê-los sumir por entre as árvores fez Vika aliviar a tensão das pernas, até que desabou de joelhos, sentando-se em seguida. Permaneceu sentada sobre a terra molhada, os olhos perdidos nas gramíneas que nasciam espaçadamente, enquanto o céu avermelhado ia perdendo as cores.

01 • O castelo dos Sussurros

Por que eles foram embora? Por que... me chamaram de bruxa?

Algo não estava certo. Os dois pareciam dispostos a matá-la a todo custo, mas mudaram de ideia assim que Vika atravessou o lago. Foi quando ela se virou para encarar o que viria a seguir, e só então percebeu o motivo, no alto do morro.

O Castelo dos Sussurros... ela disse a si mesma. A construção estava semidestruída, mas um dia fora o lar de uma nobre família. Agora não passava de uma ruína de pedras e histórias antigas. Dizia-se que se tornara assombrado pelos espíritos dos nobres que ali viveram, que sussurravam dia e noite sem parar, em infindáveis lamentos. Uma das lendas mais conhecidas contava que era possível ver os fantasmas de um casal suicida a saltar do alto de uma das torres, em um ciclo infindável de saltos e quedas na rocha, contanto que fosse a noite em que a lua estivesse ausente.

O medo ribombava feito um martelo na cabeça de Vika, embora ela não parasse de subir. Temia mais os vivos do que os mortos e não ousaria atravessar o lago de volta à floresta. A noite ia caindo e a garota ia subindo, sem muito pensar no que estava fazendo. Apenas caminhava em direção contrária à dos assassinos, mesmo que estivesse indo de encontro a um castelo assombrado.

O caminho era bem menos tortuoso do que ela imaginara, e havia mais pedras e mato do que lama, seguindo por uma trilha de rochas parcialmente coberta pela brenha verde. A subida não era tão íngreme quanto aparentava quando vista de longe.

Chegou às ruínas ao cair da noite. As estrelas derramavam algum brilho sobre o morro, mas a escuridão parecia devorar os cantos dos muros rachados pouco a pouco. Ela arregalou os olhos ao notar as longas hastes de madeira fincadas no chão. Estavam manchadas de vermelho, de sangue seco há muito tempo, mas não havia corpos.

Vika ouviu o uivar de um lobo e pensou ter visto uma movimentação abrupta vinda dos arbustos que se formavam entre as paredes semidestruídas. Olhou ao redor, enxergou somente um matagal inóspito. Uma dor estranha estalou em seu peito, fazendo-a sentir-se pequena e sozinha num grande mundo cheio de trevas.

Há lobos e outros animais na mata. Tenho que encontrar um abrigo e me esconder.

Movida pela incerteza, começou a procurar por alguma entrada que a abrigasse do sereno, do vento e das feras do morro. Bases largas e cilíndricas de pedra sugeriam que um dia haviam sido torres, mas estavam rachadas e não se erguiam muito alto, com exceção de uma, que se mantinha firme, ainda que cheia de rachaduras. Vika pensou em subi-la, mas logo questionou a ideia. Se as histórias eram verdadeiras, aquela era a Torre da Tristeza, de onde o casal mais lúgubre de que já se ouvira falar saltara para a morte. Com medo de encontrar fantasmas lá, resolveu procurar outro lugar para se esconder. Muitos paredões cobertos de musgo se anexavam e formavam labirintos nada convidativos, e de lá também vinham uivos e ruídos que espantavam a garota.

Parecia que o mundo se tornava mais escuro a cada segundo, e Vika teve que começar a tatear o ambiente ao seu redor. Quase despencou quando seus pés desprotegidos não encontraram o chão, mas percebeu que a queda não era imediata; havia degraus. Sem alternativas, desceu a escadaria, pé ante pé, com toda a cautela que pôde reunir. Já não havia mais nada que não fosse breu, quase não fazia diferença se os olhos estavam abertos ou fechados. As paredes eram úmidas, assim como os degraus sob seus pés, mas pelo menos o vento não castigava ali, e enfim a escadaria terminou. O lado bom, ela pensava, é que não ouvira um único sussurro de fantasma desde que chegara.

Parece que os vivos têm mais interesse em mim do que os mortos.

Agachou-se com as costas contra a parede, tateou ao redor para compreender onde estava e deduziu que era um corredor, embora não pudesse saber o quão longo ele era. Encolheu-se num canto, agarrou os joelhos e permaneceu oculta nas trevas, quieta como o silêncio.

Foi a primeira vez que pôde tentar organizar as ideias. Estivera tão ocupada fugindo que sequer sobrara tempo para pensar e sentir, mas aos poucos foi sentindo muita coisa — mais do que desejava ser capaz de aguentar. Queria chorar, mas as lágrimas teimavam em não sair. Evocou as memórias do pai, dos amigos e até da madrasta, mesmo que não gostasse muito dela. Tentou pensar em todos os que tiveram suas vidas tiradas pelas mãos daqueles homens, mas nem mesmo a mais horrível das cenas fez com que um pingo de lágrima fosse derramado. Estava mais chocada do que triste e encolheu-se ainda mais em si mesma.

Exausta, mas não queria dormir, pensava que seria uma presa fácil caso um animal a atacasse. Então, sem prévio aviso, o barulho de asas batendo rompeu o silêncio, vindo do fundo do corredor, onde estava ainda muito escuro. Ela esperou que aves voassem para cima dela, mas nada aconteceu, e o barulho passou. Vika não tinha para onde ir e ali permaneceu, abraçando os próprios joelhos, até que começou a ouvir passos vindo em sua direção. A julgar pelo som, a pessoa devia estar de pés descalços.

E, tão subitamente quanto surgiram, os passos cessaram.

— Como uma criança veio parar aqui? — sussurrou a voz rouca alguns metros à frente.

Vika sentiu um medo tão intenso que quase apagou seus sentidos. Queria sair correndo, mas estava petrificada. Alguns segundos se passaram. O silêncio parecia querer voltar.

Tô ouvindo coisas. É o cansaço, só isso...

— Não me faça repetir — apesar da rouquidão e da fraqueza, era possível perceber que era a voz de um homem, mesmo que seu tom demonstrasse que cada palavra era fruto de um tremendo esforço.

— A entrada estava aberta. As escadas... — choramingou ela.

— Vá embora.

— Não posso. Vão me matar se eu sair daqui.

— E pensa que aqui está segura?

— Não sei — admitiu Vika, quase enterrando as unhas nas próprias pernas. — Os anciões do meu vilarejo sempre diziam que os fantasmas eram almas penadas. Não são seres do mal. Digo, alguns podem ser, mas não todos — a garota começava a falar rapidamente e sem parar quando estava nervosa. E agora Vika estava muito, muito nervosa. — São apenas espíritos que ainda não encontraram paz. E eu não acredito que algum fantasma possa ser pior do que os homens que me esperam lá fora. Prefiro ficar aqui, se me permitir, senhor — parecia plausível que se referisse ao morador daquelas trevas com certa cortesia.

— Não sou nenhum fantasma.

— Dizem que fantasmas assombram este castelo.

— Esta é a minha casa — ele disse. — Ninguém é bem-vindo. Sabe o que dizem sobre mim, não sabe? Sabe o que eu faço com quem tenta invadir a minha casa. Acredito que tenha visto as estacas lá na frente. Ou devo presumir que, além de burra, é cega?

— Vi as hastes, mas não vi corpos.

— Os animais já devoraram os restos — ele respondeu com descaso. Deixou escapar uma bufada de cansaço antes de continuar. — Este monstro que me tornei há de viver nas trevas, escondido nas ruínas de um passado transformado em migalhas. Deixe-me em paz, garota. Vá embora, ou vai encontrar a morte.

Ela estranhou o tom lúgubre e poético nas palavras do homem. Ele dizia que a garota encontraria a morte se continuasse ali, mas Vika não conseguiu enxergar uma verdadeira ameaça nas palavras.

— Morte? — ela disse enquanto se levantava. — Acho que ela não quer saber de mim. Levou a todos do meu vilarejo. Levou meu pai — a realidade da perda finalmente a atingiu e os olhos encheram-se de lágrimas. — Eu o amava. Ele... ele era bom — por fim, chorou.

— Homens bons morrem todos os dias — rebateu o morador do castelo. — Agora desapareça, que já me aborreceu o suficiente.

Ela limpou as lágrimas com as costas das mãos enquanto pensava sobre aquelas duras palavras. Afirmações que facilmente se tornaram verdadeiras aos seus ouvidos.

— Meu nome é Vika — ela disse, caminhando em direção à voz.

— Afaste-se — ordenou a escuridão, mas a garota não retroagiu. — Está ferida. O sangue... Saia daqui, agora! — duas faíscas rubras cintilaram no fundo negro, como olhos famintos e enraivecidos, deixando de brilhar um segundo depois, mantendo uma pequena luz cor de avelã que logo sumiu de vez.

— Qual o seu nome? — a garota insistiu enquanto se aproximava mais e mais, estranhamente calma na presença do desconhecido.

— Tenho sede...

— Eu também — ela disse. — E fome.

A barriga da garota roncou. Só então percebera que não comera no dia anterior, e muito menos neste.

— Fantasmas não sentem sede, eu acho — ela retomou, estacando diante do homem cuja aparência permanecia uma incógnita. Vika não conseguia enxergá-lo o suficiente para ver os traços de seu rosto, mas teve a impressão de que ele também estava encolhido, de costas na parede e abraçando os joelhos. Era como se ele se encolhesse cada vez mais conforme ela se aproximava.

— Não se aproxime demais. Quer tanto assim morrer?

— Não acho que vá me matar — ela disse. — Meu pai dizia que nosso corpo é apenas uma casca que protege a essência daquilo que realmente somos, mas a única coisa que saiu dele foi sangue — houve mais um instante de silêncio. Ela hesitou um pouco antes de fazer a pergunta da qual realmente tinha medo de saber a resposta. — O senhor é um demônio?

— É claro que não! — ele respondeu de imediato, como se a pergunta o ofendesse. Pensou por um momento, quieto. — Na verdade, garota... Eu não tenho certeza.

01 • O castelo dos Sussurros

Uma Tarde Qualquer

- TONY -

Uma risada ecoou sonoramente, espantando o pardal na janela. As cartas na mesa redonda desafiavam as habilidades dos jogadores, e um deles havia acabado de perder não só a partida, como também os vinhos da aposta.

— Não sei mais o que fazer — Jargan riu, aceitando a derrota. A cerveja transformara sua pele branca em rosada, o bigode grisalho ainda molhado do último gole. — Minha terceira derrota seguida. Não é possível. Está trapaceando? — tentou forjar um olhar inquisidor para cima de Tony, mas acabou rindo, quase perdendo o fôlego.

— Sem trapaças — Tony sorriu. — Juro.

Não era raro que risadas fossem o som ambiente daquele lugar. Quando era jovem, Tony nunca pensou que um dia teria uma casa como aquela: tão simples, tão comum.

Uma casa comum para um homem comum.

Tony gostava disso.

— *Nossa* terceira derrota seguida, velho — disse Mateus, sua dupla em todos os jogos de carta. Não por coincidência, era seu ajudante na ferraria.

— Você tem que parar de coçar a sobrancelha.

— O quê? Eu não faço isso.

— Faz — Tony disse. — Você tem o mesmo problema do meu irmão. Ele sempre perdia para mim. Toda vez que estava com uma mão boa, coçava a sobrancelha.

— E você faz a mesma coisa, Jargan. Então tudo que o Tony e eu precisamos fazer é desistir da rodada e esperar vir uma mão melhor — completou Naira, brindando um copo de cerveja com Tony. — Espero que tenham mais sinergia no trabalho do que nas cartas, senão não quero nem imaginar como deve ser o dia a dia na ferraria.

— Pergunte ao Tony sobre o nosso trabalho — Jargan apontou com a mãozorra em direção ao cinto do amigo, onde havia uma bainha com um punhal. — Algum dia essa lâmina falhou com você?

Tony puxou a arma, um movimento tão rápido que ninguém conseguiu acompanhar. No instante seguinte, a lâmina estava cravada na mesa.

— Nunca — ele disse. — Foi um belo presente, meu amigo.

Uma peça simples, mas inegavelmente eficaz. O cabo era coberto por faixas de couro macio, para uma pegada mais firme e confortável, e contava com um pomo de aço negro polido na forma de uma esfera maciça, ideal para o equilíbrio da arma e para golpear e causar um hematoma, caso fosse necessário. A lâmina de vinte e dois centímetros era de aço de alta qualidade, que Tony mantinha sempre afiado; seus amigos não sabiam, mas ele usava uma pedra de amolar especial, encantada com um feitiço e marcada por uma runa muito específica, que podia afiar qualquer lâmina, até mesmo peças de ferro enferrujado. Daquela forma, seu punhal nunca perderia o fio.

— Olha como ele trata o presente que lhe dei de aniversário de quarenta anos — Jargan reclamou. Não ficou surpreso com a habilidade do amigo; sabia que, para Tony, aquilo era fácil. — Fincando em qualquer lugar, como se fosse uma faca de cortar queijo. Aliás, você já escolheu um nome? Já faz dois anos que lhe dei. Se completar três anos sem nome, será uma arma de má sorte. Na hora que mais precisar, a lâmina falhará com você.

— Que superstição ridícula é essa? — Naira perguntou. — Onde você ouviu isso? Ou está inventando essa história para justificar a má qualidade da arma, caso o punhal perca o fio em três anos?

— Não é nada disso. Um bardo cantou uma música assim uma vez, na taberna do Cão Amarelo, perto da capital do ducado. Faz mais de cinquenta anos, eu era um aprendiz de ferreiro na época, mas jamais me esqueci.

02 • Uma Tarde Qualquer

15

A música dizia que toda lâmina recebida como presente deve ser nomeada dentro de três anos, ou o dono terá azar.

— Besteira, e não gosto de ficar nomeando coisas — Tony levantou-se e foi para a cozinha. — Aço é aço, nada mais. Só precisa ser afiado o suficiente para cumprir seu propósito.

— Pensando bem, cavaleiros dão nomes às suas espadas — disse Naira.

— Até mesmo mercenários nomeiam suas adagas — Mateus complementou, enfiando um punhado de amendoins torrados na boca. Jargan fez o mesmo, mas em sua mão cabia quase o dobro.

— Não sou cavaleiro, nem mercenário.

— Mas, falando em mercenários — o velho soltou uma risada estrondosa —, alguma notícia do Tom? Aquele maldito não aparece há algum tempo.

— Não — Tony admitiu. — Você sabe como aquele bostinha é. Acho que ele nunca vai se aposentar, não vai seguir o mesmo caminho que eu. Ele não consegue ficar parado. Deve estar atrás de alguma recompensa, procurando alguma batalha para se enfiar — abriu um armário na cozinha e tirou duas garrafas de vinho. Eram do vinhedo dos Batius, de uma safra particularmente boa. Os quatro haviam comprado juntos por uma quantia nada modesta. — Como sou um homem benevolente — ele disse, pegando um saca-rolhas numa prateleira de madeira —, divido o meu com vocês.

— Isso sim é uma alma generosa! — brincou Mateus, rindo. — Pode encher o meu copo.

— Qual a vantagem de ganhar a aposta, se você vai dividir o prêmio? Não esperem o mesmo de mim — Naira bebeu o último gole de sua cerveja e afastou os cabelos crespos para trás. — O meu vinho é *meu*, e somente meu. — Começou a recolher as cartas, cujos valores eram representados com desenhos simbolizando a hierarquia do reino, de camponês a rei. Também havia cartas com funções especiais, como as do assassino e da bruxa. Guardou-as em um estojo de couro e o deixou sobre a mesa. — Mas já que você quer dividir o seu, Tony, pode encher o meu copo também.

— Nada mais justo que ele dividir o dele conosco — disse Jargan, também com seu copo na mão. — Tenho certeza de que ele trapaceia.

— Todos aqui concordamos que a culpa foi sua — Tony se defendeu. — Precisa aprender a blefar.

— Nunca fui muito bom com mentiras — o velho tossiu e deixou um amendoim escapar pelos dentes amarelos. — Mas você tem sentidos de feiticeiro.

— Não existe isso de *sentidos de feiticeiro*, Jargan — ele explicou. — E nenhuma das habilidades que eu tive que desenvolver para realizar meu antigo ofício podem me ajudar em jogos de cartas. — Era uma grande mentira. Muitas das técnicas que Tony aprendera para lutar, matar e sobreviver em sua antiga vida podiam e eram utilizadas em sua vida atual, mesmo que de uma forma diferente. — Agora, vamos ao que interessa. Estão prontos?

— Anda logo com isso — Naira disse. — Ou vou aí dar um jeito em você e na garrafa.

— Acho que eu gostaria disso — Tony lançou a ela um olhar convidativo, que Naira respondeu simplesmente sorrindo. — Mas esta é a *minha* garrafa, logo... — Sacou a rolha da garrafa e abriu o vinho. O aroma da bebida impregnou as narinas, acariciando o olfato e fazendo um carinho em sua alma. — Ah... — ele disse, satisfeito. — Esses desgraçados sabem mesmo fazer vinho.

Voltou à mesa e serviu os amigos. Por fim, serviu a si mesmo.

— A que vamos brindar? — perguntou Mateus.

Todos pensaram um pouco.

— A uma tarde qualquer — Tony sugeriu. — Que todas as tardes possam ser como esta.

Os amigos gostaram.

— A uma tarde qualquer! — brindaram.

E beberam.

— Pelo cu do demônio! — Jargan deu um soco na mesa. — Isso não é uma bebida comum, é o sangue dos santos! Malditos Batius. Os desgraçados são realmente os mestres na arte de fazer vinho.

Mateus riu, e Naira teve que tapar a boca com a mão para não deixar o vinho sair pelas frestas dos dentes com uma risada.

Tony olhou para eles e sentiu-se grato. Ele não merecia aquela vida de tardes prazerosas com amigos jogando cartas e discutindo banalidades. De alguma forma, sua felicidade nunca era completa — no fundo, esperava pelo pior. Temia que um dia o destino o arrastasse de volta para a vida que ele deixou para trás.

E, do lado de fora da casa, os sons de uma cavalgada apressada anunciavam que talvez esse dia tivesse chegado.

— Alguém está lá fora — Mateus disse.

A casa de Tony ficava em um pequeno sítio a caminho da cidade de Velhaspontes. Ele plantava seus próprios legumes e ervas e tinha limoeiros, além de uma criação de galinhas. Também havia um poço em suas propriedades, de onde ele tirava água fresca todos os dias, e o estábulo tinha capacidade para oito cavalos. Mas o visitante, fosse quem fosse, não se dirigiu ao estábulo. Os sons do lado de fora sugeriam que ele havia descido do cavalo em frente à casa e estava amarrando sua montaria ali mesmo. Depois, deu uns tapas no próprio corpo, como é normal um viajante fazer para tirar a poeira das roupas após uma longa viagem.

Então, cinco batidas na porta.

— Quem está aí? — perguntou Tony. Desencravou o punhal da mesa e aproximou-se lentamente da entrada. Não estava preocupado, mas nunca foi de pecar pelo excesso de cautela.

— Miguel. Vim para falar com Antony — foi a resposta do lado de fora. — Peço perdão por chegar sem avisar.

Um homem jovem, Tony julgou pela voz.

— Não conheço nenhum Miguel.

— Miguel Duragan — o visitante esclareceu.

Tony olhou para trás e franziu as sobrancelhas.

— O duque? — sussurrou Jargan. — Não pode ser...

Tony abriu a porta devagar, sem mostrar o punhal. Olhou para o homem e analisou-o brevemente. Era mesmo jovem, tinha um rosto de traços severos e ar maduro, apesar dos poucos pelos no bigode ralo. Trajava um conjunto negro, com um gibão de corte elegante. A capa, também negra, era presa aos ombros por broches dourados com o símbolo da família Duragan: um escudo redondo com um machado de lâmina dupla no centro. No quadril, uma espada em uma bainha envolta por faixas vermelhas e douradas; o cabo em ouro escuro, com um rubi no pomo.

Ao concluir que não estava em perigo, Tony guardou o punhal na bainha, de modo que o visitante pensou que a arma estava ali desde o momento que a porta foi aberta.

— O senhor deve estar se perguntando se realmente sou quem digo ser — Miguel disse. — E julga que faz sentido um nobre vestir-se como eu. Agora desviou os olhos para a minha égua, para verificar se ela está com equipamentos dignos da montaria de um duque — ele encarou Tony sem desafiá-lo, apenas demonstrando que compreendia sua precaução. — Está analisando a qualidade das minhas luvas de cavalgar, das minhas botas, e percebeu que o rubi no pomo da minha espada é verdadeiro. Sabe disso porque sabe a quem esta espada pertenceu. O senhor conheceu meu pai.

— Conheci-o melhor do que gostaria — Tony disse. — Você lembra um pouco Eduardo Duragan. Veste as cores da casa dele. E sim, está portando a Pacificadora. Não tenho motivos para duvidar. E agora que dei uma boa olhada em você, acabei de me lembrar da primeira vez que o vi. Você era um bebê, não pesava mais que uma melancia.

— Permite-me entrar?

— Na verdade, estou meio ocupado.

— Não seja louco, homem! — Jargan exclamou de dentro da casa. Levantou-se da mesa. — Está falando com o Duque do Norte! Vamos, rapaz — disse a Mateus, dando-lhe um tapa no braço. — Ajude-me a limpar a mesa. — De fato, estava respingada de cerveja, vinho e cascas de amendoim torrado.

Mateus ajudou enquanto engolia os dois últimos cubos de queijo e retirou os copos.

Naira também se levantou.

— Estamos indo — ela disse. Guardou sua garrafa de vinho em uma bolsa de pele de ovelha e despediu-se de Tony com um abraço. — Alteza — fez a mesura adequada ao passar pelo duque; conhecia as reverências corretas, já pintara quadros para a nobreza e sabia como se portar.

Ao passar por Miguel, ela olhou para Tony e lançou um olhar que demandava explicações.

Você tem muito a nos contar, Tony interpretou que essa seria a frase de Naira, se os olhos dela soubessem falar e se ela não tivesse que fingir cortesia e se retirar naquela hora. De qualquer forma, Tony não esperava a visita de um duque, não queria ter que explicar aos amigos seu envolvimento com a nobreza. Sua vida estava boa do jeito que estava. Até aquele dia.

Mateus e Jargan também se retiraram.

— Alteza — o ferreiro disse antes de subir em seu velho cavalo mouro, que quase não aguentava o seu peso. — Não quero tomar o seu tempo, mas saiba que minha ferraria está sempre de portas abertas, caso seja de vossa vontade passar por Velhaspontes. Se quiser uma prova da qualidade do meu trabalho, Tony pode lhe mostrar um punhal de minha autoria. Com vossa licença — fez uma reverência torta e retirou-se.

E os três amigos seguiram pela estrada, trotando em seus cavalos no fim da tarde. O crepúsculo deixara o céu alaranjado com nuvens rosadas.

— As armas do velho são boas — Tony comentou. — Ah, sim. Queira entrar.

O duque entrou. Tony fechou a porta.

— Obrigado por me receber — Miguel disse.

Tony ofereceu uma cadeira em frente à mesa redonda, mas Miguel respeitosamente declinou.

— Não pretendo me prolongar — o duque tirou as luvas de cavalgar e as guardou nos bolsos da calça.

Mãos delicadas, Tony constatou. *Sem calos, não acostumadas à espada. Bem diferentes do seu pai.*

— Ótimo.

— Tenho um trabalho para o senhor.

— Não estou interessado — Tony pegou um copo na cozinha e foi em direção à mesa redonda, na sala. Sentou-se diante da mesa e encheu o copo de vinho. Não ofereceu ao duque, que apenas o seguiu, mas permaneceu em pé.

— O senhor ainda não sabe o que é.

— Verdade, mas sei que, seja lá o que for que precise que eu faça, não farei.

— Imaginei que diria isso, mas preciso que mate uma criatura.

— Uma criatura? Você diz... um javali?

— Não — o duque respondeu, a postura ereta. — Um ser mais vil.

O desgraçado até respira como um nobre, Tony pensou, analisando Miguel. *Ele está rígido, a coluna perfeitamente reta, como um militar atento. Esses olhos verdes cheios de superioridade, a serenidade de quem acha que sabe tudo sobre todos. Filho da puta, deve ter metade da minha idade.*

— Ah, quer que eu mate um monstro. Queira me perdoar, mas esse tipo de trabalho foge da minha área de atuação.

— E qual o seu ofício atual, se me permite saber?

— Sou um solucionador de problemas — Tony disse. Jogou os cabelos para trás, mas um fio grisalho insistiu em pender para baixo em frente à testa, quase à altura do olho direito. Bebericou o vinho e esperou um comentário do duque.

Miguel o fitou por um instante, mas sua atenção não estava focada no cabelo negro com listras grisalhas, e sim na antiga cicatriz que começava logo abaixo do olho direito de Tony e descia pela bochecha, escondendo-se na barba rala que tomava seu rosto quadrado.

— O monstro que preciso matar é um problema não somente para o ducado, mas para o reino de Fáryon — ele disse. — É por isso que o rei confiou ao meu pai a responsabilidade de matá-lo, mas meu pai faleceu antes de conseguir cumprir a demanda.

— Eu sei sobre o contrato — Tony disse. — Mas não sou mais um caçador. Estou lhe dizendo, Miguel. Não tenho interesse.

— O senhor sabe a recompensa?

— O controle de todas aquelas áreas. Dinheiro para reformar o castelo, uma carta de crédito para retirada de prata anualmente pelos próximos dez anos, firmada pelo falecido duque Eduardo, pelo rei e pelo administrador do banco de Fáryon. Servos para plantar e colher, para criar porcos e servir na fortaleza. Soldados para mantê-la em segurança.

— Atualizei o contrato — o duque disse. — Com a minha assinatura, já que meu pai faleceu. Adicionei outros ganhos e estou aberto a negociações.

— Desista. Eu não lido com esse tipo de problema. Não mais — Tony respondeu e bebeu o vinho. Era um dos melhores que já havia bebido, mas estava descendo azedo pela garganta.

A conversa estava tomando um rumo de que ele não gostava nem um pouco, e até mesmo um vinho dos Batius parecia insípido naquela situação.

— Que tipo de problemas o senhor resolve?

— A maioria dos meus clientes vive em Velhaspontes, a cidadezinha mais perto daqui — Tony explicou. — Meu último serviço foi preparar uma poção para o alfaiate. Ele não estava conseguindo dormir.

— Há chás que curam insônia.

— O caso dele era um pouco mais sério. Sofria pela morte da esposa, não conseguia pegar no sono. Os chás o deixavam mais relaxado, mas não o suficiente para dormir. Precisava de ervas específicas. Coletei as que encontrei, mas tive que ir a um ponto de comércio a oeste daqui, para comprar os ingredientes corretos. Funcionou, fiz poção suficiente para que ele durma pelos próximos meses.

— Suponho que tenha cobrado caro pelo serviço.

— Troquei meu serviço pelo dele — Tony disse, apontando para a própria camisa. Era uma peça confortável, de algodão tingido de marrom-escuro e botões pretos com listras cinza, que combinavam com seus olhos e com os cabelos. A calça de couro e a bota combinavam com os botões e com os braceletes no antebraço. — Há outras que ele fabricou para mim, sob medida.

— Algum trabalho que envolva um pouco mais de ação? — O duque quis saber.

Tony pensou um pouco. Bebeu o vinho. Encheu mais um copo para si.

— Ano passado, fui contratado pelo barão Amisfer, conhece?

— Sim, mas o baronato dele fica distante daqui, não faz parte do meu território. Por que o barão de outro ducado viria tão longe procurá-lo, senhor Antony?

— Ele me convidou a integrar uma equipe de investigação, para solucionar o caso das joias da baronesa, que haviam sido roubadas.

— E como isso terminou?

— Como sempre. A história obviamente havia sido mal contada. Um dos capitães de sua guarda havia se apaixonado pela baronesa. O barão descobriu, mas o capitão fugiu da cidade antes de ser pego e conseguiu contratar mercenários. Depois, voltou uma noite e tentou sequestrar a baronesa e levá-la consigo para o Eterno, sabe-se lá onde. Falhou, mas roubou suas joias e alguns vestidos.

— O senhor teve que matar alguém durante esse serviço?

Tony hesitou.

— Houve uma batalha, sim — admitiu. — Os mercenários que o capitão contratou eram habilidosos. Matei aqueles que tentaram me matar.

— Então parece que ainda sabe manejar uma arma.

Incomodado, Tony bebeu mais um copo de vinho.

— O senhor não gosta de mim — o duque afirmou.

— Não — Tony admitiu. — Seu pai era uma pessoa detestável.

— Eu sei disso.

— Talvez não saiba tudo sobre ele. Sabe por que essa espada que você carrega na cintura se chama Pacificadora?

— Sim. Ouvi a respeito e também li sobre.

— Seu pai pacificava os inimigos com a morte — Tony respondeu à própria pergunta. — Ele colocou esse nome na arma como uma ironia, porque a Igreja ordenava que era função da nobreza fomentar a paz entre todos os ducados. A verdade é que a Igreja nunca soube o significado de paz, e Eduardo também a usava como desculpa para guerrear. Fez um acordo com a Igreja, como todos os duques fizeram, mas sua forma de cumprir a promessa era dando a paz eterna a quem olhava torto para ele. Diga-me, você sabe manejar essa espada?

— Fui treinado pelo mestre de armas da Fortaleza das Dores, mas admito que não gosto de lutar. Carrego a espada como uma homenagem à minha família.

— Então devia carregar um machado — Tony apontou para os broches que prendiam a capa de Miguel. — O machado é o símbolo da sua casa.

— O último Duragan a usar um machado em combate morreu há décadas, embora alguns soldados ainda utilizem esse tipo de arma. A Pacificadora, por outro lado, é uma espada famosa, que impõe respeito. De qualquer forma, sei que meu pai era insensível — Miguel comentou, pela primeira vez com um olhar introspectivo. — Tinha um apetite para batalhas e não gostava de ficar muito tempo sem matar alguma coisa. Não era justo, não era honrado. Não era um bom homem.

— Você se lembra da época da Tosse Vermelha?

— Eu tinha dez anos, mas lembro de algumas coisas.

Então você tem vinte e três, Tony pensou, *sabendo que a Tosse havia ocorrido treze anos atrás.*

— A praga assolou grande parte de Fáryon, foi uma desgraça — Tony bebeu mais um gole de vinho enquanto vasculhava na memória sobre aquele ano terrível. — Era uma doença pega pelo ar, bastava passar perto de alguém infectado. Por algum motivo, nem todos pegavam, mas quem pegava a praga adoecia muito rápido. Primeiro vinham os espirros, então a febre. Poucos dias depois, a pessoa estava tossindo sangue, e então a morte. A praga não fazia distinção entre ricos e pobres, e tanto camponeses como barões foram ceifados. Os ricos por burrice, ou por acharem que não pegariam uma doença como aquela; os pobres porque não tiveram opção. Você sabia disso, Miguel?

— Sim. Leio bastante.

— Então você sabe que, naquela época, o rei deu autoridade para que os duques tratassem do caso como bem entendessem. Muitos duques e condes optaram por deixar que seus servos ficassem em suas casas enquanto os feiticeiros e magísteres de medicina tentavam criar uma fórmula para curar a doença. Veja bem, acredito que esses duques e condes tomaram essa decisão por pragmatismo, não por bondade. Era melhor perder um ano de colheita do que perder a vida de metade de seus servos. Como os servos seriam úteis se estivessem mortos?

— Faz sentido.

— Então você sabe que o seu pai foi um dos poucos que ordenou que seus servos continuassem se expondo à doença.

— Sim.

— Ele condenou milhares à morte em uma decisão que não trouxe benefícios para ninguém, nem mesmo para ele. Eduardo não perdeu a colheita daquele ano, mas perdeu as dos anos seguintes, porque não tinha trabalhadores suficientes. Como se não bastasse, um dos melhores cavaleiros que este mundo já viu acabou morto por causa da Tosse Vermelha, porque seu pai mandou que ele atacasse o castelo de um barão que lhe devia ouro. Louis Paranourt era o nome do cavaleiro, tive a honra de lutar uma batalha ao seu lado e nunca vi alguém melhor do que ele com uma espada e um escudo. Nem conseguiu chegar à fortaleza do barão. A praga o levou antes, obrigando-o a tossir o próprio pulmão pela boca, como uma pasta nojenta, e da mesma forma levou metade dos homens que o seguiam, também por ordens do seu pai. Demorou quase um ano para que os magísteres conseguissem criar uma cura, e mais meio ano para levá-la a todos que precisavam. Nunca vi os ricos tão interessados em curar os pobres. Estavam preocupados que não teriam braços suficientes à disposição para capinar e não queriam perder mais um ano de colheita.

— Horrível, senhor Antony. Mas não sou o meu pai — o duque disse, impassível.

Tony ficou em silêncio. Não tinha argumentos contra aquilo.

— Mas entende o porquê de eu detestar o seu pai, e o porquê de eu não ter simpatia por você.

— Sim, mas o senhor fez muitos trabalhos para ele, mesmo não gostando do homem que ele era.

— Eu era um idiota, mas nunca fui subordinado ao Eduardo. Cumpria missões em nome do reino. Boa parte de minhas demandas eram no ducado de seu pai, então inevitavelmente ele estava envolvido.

— O senhor tem a minha palavra de que esta é a última missão que um Duragan irá lhe demandar.

— Não quero mais saber de me envolver com barões, condes, duques e reis — Tony disse e bebeu mais um gole de vinho. Pegou o estojo de cartas que estava sobre a mesa. Espalhou-as, então selecionou as que retratavam um sapateiro e um duque. — Vê esses dois? No jogo, uma carta de duque vale dez vezes mais que uma de sapateiro. Mas, para mim, são a mesma coisa. Você não pode me obrigar a fazer o que não quero, Miguel. E mesmo que tente me forçar a dançar a dança de nobres e servos, saiba que tenho um documento assinado pelo seu pai *e* pelo rei — Tony disse. Serviu mais um copo de vinho e percebeu que havia secado a garrafa. — O documento...

— Diz que o senhor tem o poder de escolher quais trabalhos deseja realizar e quais não — o duque completou. — Eu sei. O senhor já cumpriu muitas demandas no passado, de modo que até mesmo o rei concordou que era hora de lhe dar um descanso. Não pretendo obrigá-lo a nada.

— Então está perdendo o seu tempo. Tenho dinheiro, mais do que o suficiente, e finalmente estou vivendo uma vida decente.

— O senhor gostava de sua antiga vida — Miguel disse. — Pelo menos é o que dizem aqueles que o conheceram.

— Gostava daquela vida porque não conhecia outro modo de viver — Tony se defendeu. — Pensava que matar era a única coisa em que eu era bom. Porque a Igreja me moldou assim, e porque seu pai fez questão de me fazer acreditar nisso.

— Não existem mais Assassinos Sagrados — Miguel disse. — A Igreja dissolveu a organização, por causa da pressão dos fiéis.

— É claro. Os fiéis tinham mais medo de nós do que dos monstros que matávamos.

— E agora preciso que mate mais um.

— Eu sei o que você está pensando, garoto, mas conheço uma dúzia de músicas e contos com essa história. O guerreiro que vive uma vida de aventuras, mas envelhece e resolve largar tudo e descansar. Ele até chega a mudar de nome, abre uma taberna, tenta viver uma vida mais tranquila. Mas no fundo ele anseia pelo dia em que algo o trará de volta à ação. O dia em que ele voltará a viver aventuras e matanças. É por isso que eu digo que você está perdendo o seu tempo. Não sou esse homem, não anseio pelo meu passado. E eu não trocaria uma tarde jogando cartas com meus amigos por nenhuma missão, não importa a recompensa.

— Seus amigos — o duque disse. — Jargan, Mateus e Naira. Um ferreiro e seu ajudante, e uma pintora. Eles não sabem sobre o seu passado.

— Sabem que eu matei pessoas. Sabem que eu conheço uma e outra coisa de magia. Eu contei a eles. São meus amigos.

— Eles sabem apenas as partes que o senhor contou, não sabem que o senhor foi um Assassino Sagrado.

Tony bebeu o último gole de seu vinho e se levantou. Encarou o duque, irritado.

— O que sabe sobre eles?

— Algumas coisas. Por que o senhor acha que eu vim até aqui sozinho?

— Não está sozinho — Tony disse. — Seus homens devem estar esperando a algumas centenas de metros daqui. Seria burrice vir da capital até aqui sozinho, arriscando-se nas estradas. E parece que você não puxou a estupidez do seu pai.

— O senhor acertou, meus soldados estão por perto. E devem estar começando a se perguntar o porquê de eu estar demorando para retornar ao acampamento.

— Então eles me levarão à força, caso eu decline sua oferta?

— Não, mas eu optei por entrar em sua casa sozinho porque sei que o senhor não gosta de ser incomodado. Não há motivos para chegar aqui com soldados montados em cavalos e fazendo barulho. Também sei que o senhor valoriza uma conversa honesta, de homem para homem. Meu pai tinha dezenas de páginas escritas sobre o senhor. Como eu disse, não estou aqui para forçá-lo a nada, mas sei que aceitará a minha oferta. Diga-me, quanto tempo faz que o senhor não ouve de seu irmão?

— Meu irmão? — Tony perguntou, confuso. — Uns dois anos, por quê?

— Os diários de batalha do meu pai diziam que Antony e Tomas Manphel eram muito próximos.

— E somos — Tony disse. — Mas meu irmãozinho é assim, o desgraçado. Inquieto como um cão selvagem. Uma vez fiquei quatro anos sem notícias dele, na época em que eu ainda estava na ativa, até que ele retornou, duas vezes mais rico e com o dobro de histórias para contar.

— Receio que ele não voltará dessa vez.

— O que você sabe? — Tony indagou, temendo o pior. Um mau agouro gelou suas costas e arrepiou os pelos da nuca.

O duque levou a mão às costas.

— Aqui está — Miguel disse, retirando algo preso ao cinto. Fez o movimento propositalmente devagar, com muito cuidado para mostrar que não era uma ameaça. — A adaga do seu irmão — largou a bainha sobre a mesa.

Tony fitou o objeto. Não havia dúvidas, reconheceu o cabo preto com o pomo em forma de meia lua deitada. Desembainhou a arma. A Lâmina era trinta centímetros de um aço especial; bastava olhar com atenção para o metal para perceber uma leve tonalidade escarlate, como sangue diluído em água, que só aparecia dependendo do ângulo em que se olhasse para ele. Mas havia algo diferente: uma pequena runa gravada no metal, perto do guarda-mão.

— A maioria que sobe ao Castelo dos Sussurros jamais retorna — o duque disse. — Seu irmão sabia disso, ainda assim aceitou a demanda. Ele liderou quarenta dos meus soldados. Um dos meus homens conseguiu fugir. Trouxe a adaga consigo.

— Onde está esse homem agora? Quero falar com ele.

— Não resistiu aos ferimentos. Morreu dois dias depois.

— Você condenou meu irmão à morte e agora quer que eu siga o mesmo caminho? Eu deveria matá-lo aqui e agora.

— Darei-lhe a adaga — o duque disse.

— A adaga não é sua para dar. Eu ficarei com ela, era do meu irmão!

— Há uma cláusula no contrato — o duque explicou. — A adaga *era* do seu irmão. Mas antes de aceitar a demanda, Tomas disse que precisava gravar uma runa na lâmina, para conjurar um feitiço que deixaria a adaga mais letal contra o monstro do castelo. Para isso, solicitou que eu arranjasse uma série de ervas e minerais. Como foram os meus homens que aperfeiçoaram a arma, ela passou a ser tanto minha como de Tomas. O contrato previa que eu seria o responsável por prover os equipamentos necessários para realizar a missão. Armaduras, espadas, ingredientes para realização de magias. Mas, em caso de morte dos contratados, eu ficaria com todos os equipamentos que pudessem ser resgatados. Tomas assinou o contrato, sabendo de tudo isso. A adaga era originalmente dele, mas depois de ter sido aperfeiçoada, passou a ser nossa. E após a morte dele, passou a ser *minha*.

— Acha que eu dou tanto valor para essa adaga?

— É uma adaga de aço vermelho, forjada na era da alta magia. Dizem que existem poucas no mundo todo. Mas não é por isso que o senhor vai aceitar a oferta. Aceitará porque é a única coisa que seu irmão deixou para trás.

— Eu não gostava do meu irmão tanto assim — Tony mentiu. Era verdade que costumavam se encontrar pouco depois que havia se aposentado, mas isso não o fazia amá-lo menos.

— Ainda assim matou por ele. Quase sacrificou a si mesmo uma dúzia de vezes para salvá-lo. Aceitou demandas inaceitáveis, pelo bem do seu irmão. Eu lhe disse, li os relatos de guerra do meu pai, e ele escrevia muito sobre o senhor. Há anos os homens vêm tentando matar o monstro, sem sucesso. O senhor é a minha última esperança, e a última esperança do ducado e até mesmo do reino. Amanhã pela manhã meus homens lhe trarão documentos com informações de tudo o que sabemos sobre a criatura. De quantos soldados o senhor precisará?

— Nenhum — Tony estava extremamente irritado.

— Nenhum?

— Invadir a fortaleza com um grupo de soldados não é uma boa estratégia para matar um monstro desses — ele explicou. — O ideal é ter um elemento surpresa, invadir o local sem que o inimigo perceba. Meu irmão obviamente sabia disso, mas subestimou a criatura, pagou o preço.

— Há outras pessoas interessadas no contrato — o duque informou. — Selecionarei os dois caçadores mais capazes para acompanhá-lo. O senhor os liderará. Obrigado pelo seu tempo, senhor Antony.

— Pare de me chamar de senhor — Tony exigiu, bravo. — Não gaste sua falsa cortesia comigo.

— O senhor pode não acreditar, mas o trato com cortesia simplesmente porque de fato o respeito. Mas, se prefere evitar cordialidades, de acordo. Até mais, Antony.

O duque virou-se e foi em direção à porta.

— Está deixando a adaga.

— É sua.

— Ainda não fiz o trabalho. Pagará adiantado?

— Os relatos do meu pai eram bem claros quanto a você. Pelo que sei, jamais descumpriu um acordo. É um homem honesto, Antony, apesar de ter feito as coisas que fez. Talvez por isso o meu pai o detestasse. Agora sei que o ódio de vocês era mútuo.

O duque retirou-se.

Tony empunhou a adaga de Tomas e fitou o metal. Esperou o duque sair para libertar a tristeza pela morte do irmão, quando uma lágrima desceu pela bochecha e caiu sobre a lâmina vermelha.

O Melhor Homem que Conheci
- Vika -

Ela chorou duas noites seguidas, mas o homem parecia indiferente. Já era o terceiro dia que Vika passava ali, e sempre que começava a derramar lágrimas, ele a deixava sozinha. Provavelmente ia para longe. Não para as trevas do interior dos corredores subterrâneos, nem mesmo para os escombros do castelo — subia as escadas ao cair da noite e só retornava quando o dia estava nascendo. Vika aproveitava para explorar as ruínas e sentir o calor do sol, já que os calabouços eram gélidos. O problema era o vento, que era sempre muito frio naquela região e ali parecia ainda pior do que em seu antigo vilarejo.

O homem ordenava que ela fosse embora e parecia não se importar com ela, porém lhe arranjou uma capa de veludo marrom quando viu que Vika não iria partir; uma peça velha, mas cobria todo o corpo e era grossa o suficiente para resistir às álgidas rajadas que cantavam agudo no alto do morro.

— Você ainda está aqui — comentou o homem, que se recusava a revelar seu nome. Retornava de mais uma noite fora das ruínas e caminhava apressadamente em direção à escadaria que levava para baixo.

O céu está ficando azul, Vika pensou, olhando para cima enquanto a noite dava lugar ao dia.

— O senhor sabe que não tenho para onde ir — ela disse, escondendo a tristeza da voz enquanto tirava as pétalas de uma flor selvagem que encontrara no entorno do castelo. Vika estava sentada sobre os destroços do que um dia fora um arco de pedra, que agora era apenas um pedregulho quase todo coberto por vegetação verde e úmida do sereno. — Onde o senhor estava?

— Não interessa. Você precisa partir. Não posso cuidar de uma criança.

— Não sou criança, tenho nove anos. E não quero que cuide de mim. Apenas peço que deixe eu dividir esse espaço com o senhor.

— Este castelo está destruído — ele passou por ela, sem lhe dar atenção.

— Por que quer ficar aqui?

— Posso ficar em qualquer lugar que ainda tenha um teto, e há algumas salas nesta fortaleza que ainda possuem um, ou algo parecido com um.

— Então vá — ele disse. — Apenas saia.

Ela chegou a se levantar, mas ficou quieta e imóvel.

— Você não ia encontrar um lugar nos escombros, menina? Por que ainda está aqui?

Vika hesitou um pouco antes de responder.

— Porque acho que o senhor pode acabar gostando de mim — ela o seguiu. — E prefiro ficar com o senhor a ficar sozinha. Minhas chances de continuar viva aumentam.

— Por que diabos eu gostaria de uma criança impertinente como você?

— Porque sou uma boa pessoa — ela respondeu. — Sou inteligente, tenho qualidades. Posso ser útil.

Aquilo pareceu divertir o homem.

— Prove — ele parou de caminhar e a encarou.

— Havia mais de cem pessoas no meu vilarejo. Só eu sobrevivi.

— Ah, agora está se gabando por estar viva? — ele voltou a caminhar em direção à escadaria. Pela primeira vez, Vika pensou ter visto um sorriso no rosto do homem, mas não durou mais que um segundo.

— Consegui escapar sozinha, deve haver alguma razão — ela voltou a segui-lo.

— Sim — ele disse. — Você tinha um cavalo.

— Mas tive que cavalgar bem para fugir.

Por hora, o homem aceitou a resposta.

— Que assim seja, garota — ele passou por um pedaço de pilar rachado e começou a descer os degraus que levavam ao subsolo. — Mas saiba que não posso me responsabilizar por você.

— O senhor disse isso ontem. E anteontem.

— Não poderei protegê-la quando eles chegarem. Estarei ocupado protegendo a mim mesmo.

— Eles? Quem são eles?

— *Eles* — ele disse. — Cavaleiros, caçadores de recompensa, feiticeiras... Todos eles.

— Cavaleiros são bons — a menina rebateu. — Por que tem medo deles?

— Não subestimar não é o mesmo que temer. E os cavaleiros que vêm aqui não são bons. Tentam me matar.

— Por quê?

— Porque há um contrato — ele explicou, chegando ao corredor subterrâneo. — Quem arrancar meu coração poderá ficar com estas terras e o ducado financiará a reconstrução do castelo.

— Os homens que me seguiam decidiram não entrar aqui — ela disse. Não chegou a descer a escadaria até o fim, sentou-se sobre um degrau. — É por isso que consegui escapar. Mas acho que não eram cavaleiros. Cavaleiros são belos, têm armaduras bonitas e sobram em coragem.

— Você já viu um, garota?

— Não — ela admitiu.

— Faz sentido — o homem disse e parou de caminhar em um ponto do corredor em que ainda era possível vê-lo, porque a luz do dia começava a nascer e deixava entrar um pouco de claridade pela escadaria. — Os bastardos que queriam matá-la deviam ser bandidos comuns, foras da lei ou um grupo de mercenários independentes. De qualquer forma, eram covardes. Todos sabem do contrato, foi assinado há anos. Não subiram aqui porque têm medo, o que os torna menos estúpidos do que os cavaleiros que tentaram arrancar a minha cabeça.

— Por quê? Por que querem matar o senhor?

— Sem mais perguntas.

— Mas...

— Sem mais perguntas!

Antes de se retirar para o interior do corredor, o homem tirou algo de dentro de sua pequena bolsa de couro de javali; levava-a amarrada ao dorso por uma corda.

— Tome — ele jogou o objeto para ela. Era um pequeno volume envolto em um pano amarelado.

Vika abriu o embrulho. Era um pão preto e um pedaço de queijo. A garota ficou animada. Na noite anterior, o homem havia lhe trazido três maçãs, mas uma estava tão podre que ela não pôde comer. Foi sua refeição do dia inteiro, e era mais do que ela vinha comendo nos últimos dias em seu vilarejo.

— Obrigada, senhor — ela disse sorrindo. Partiu o pão em duas fatias. — Come comigo?

— Já jantei — ele respondeu. Caminhou no corredor até que as trevas o engoliram. Sua voz ainda era audível. — E essa porção é pouca, não fique compartilhando tudo. Você é boazinha demais, garota. Vai acabar matando você — disse, sua voz tão baixa e distante que Vika quase não ouviu as últimas palavras.

Ela deixou que ele se distanciasse; a única coisa que ela queria matar era a fome. Sentou-se novamente na grande pedra rachada e comeu enquanto balançava as pernas soltas. O cenário à sua frente costumava ser o salão de entrada do castelo, mas agora todas as colunas já haviam sido derrubadas, e até mesmo as paredes não existiam mais. Não havia mais teto e o piso de pedra estava tão rachado que a lama do solo e a grama alta já haviam tomado conta, de modo que o único elemento que realmente se destacava ali eram as longas e pontudas hastes de madeira fincadas no chão. A garota ficou imaginando como os corpos dos homens que destruíram seu vilarejo ficariam naquelas hastes. Era difícil não lembrar do cadáver ensanguentado do pai, caído com uma flecha cravada nas costas.

Quando pensava nisso, chorava.

No resto do tempo, ainda era uma criança: curiosa e teimosa, como uma farpa que insiste em escapar da madeira para ferir a mão do artesão.

E lá estava ela de novo, fundo no matagal que rodeava o castelo. Parecia que todos os animais se escondiam dela, com exceção dos gatos selvagens, que se aproximavam e a observavam, mas nunca chegavam perto demais. Os lobos a fitavam de longe, das árvores da floresta, e a menina sabia que se um deles quisesse, poderia alcançá-la em poucos segundos. Mas ela não deixava de caminhar por ali, e os lobos não demonstravam especial atenção nela.

Tentou se manter ocupada com seus próprios pensamentos durante a manhã, mas, depois de um tempo, acabou retornando ao subsolo. Desceu a escadaria e se surpreendeu: havia duas tochas acesas nas paredes, uma em cada lado. Agora aquele corredor não estava no breu total e a luz, apesar de pouca, era suficiente para que ela pudesse enxergar o homem. Ele estava em pé, havia acabado de acender as tochas e colocá-las nas paredes.

03 • O Melhor Homem que Conheci

O homem a entregou uma pederneira e um frasco com um líquido transparente.

— Se vai ficar aqui, vai precisar saber o básico para sobreviver. Já disse que não vou poder ficar tomando conta de você. Sabe fazer fogo?

— Sei — ela respondeu com um leve sorriso e pegou o objeto. — Passo o óleo no pano na ponta da tocha, depois faço o fogo com a pedra e acendo.

— Sabe cavalgar, fazer fogo... De fato, parece que você tem habilidades.

— Meu tio é da guarda do duque — ela explicou, largando os presentes com cuidado, para mostrar ao homem que não estava se desfazendo deles, apenas guardando-os ali. — Ele trabalha em Porto Alvo, mas às vezes me visitava. Ele me ensinou a cavalgar, a fazer uma fogueira e outras coisas.

— Se o seu tio trabalha na capital do ducado, por que você morava em um lugar tão pobre?

Aquilo chamou a atenção de Vika. Ela havia contado a história de como havia ido parar ali na noite em que o conhecera, mas o homem parecia não ter prestado atenção. Talvez ele tivesse.

— Ele nos mandava dinheiro de vez em quando — ela respondeu e sentou-se no chão, próxima a ele. — O suficiente para nos ajudar, mas não para nos levar para outro lugar. E meu pai não queria sair do vilarejo para morar numa cidade grande. Ele dizia que as cidades grandes estão cheias de mentirosos e aproveitadores.

— Um homem sábio.

— Ele é bastante devoto, me ensinou a rezar.

— Talvez não tão sábio — ele se levantou e caminhou para perto da garota. — O seu vilarejo tinha um nome?

— Vila dos Pinheiros. Por causa da floresta de pinheiros que cerca dois lados do vilarejo.

— As pessoas nunca foram muito criativas para nomear lugares — ele comentou e sentou-se ao lado dela. Fez um sinal para que Vika lhe mostrasse o braço. Ela remangou a capa. — Você chegou aqui machucada, mas suas feridas estão sarando rápido.

Ela olhou para si mesma. Os arranhões estavam cicatrizando bem, já não doíam.

— Fiz uma pomada com as plantinhas que coletei na floresta.

— Ah, você sabe isso também?

— Meu pai é herbalista — ela parou e pensou um pouco, triste. — Era herbalista. Entendo de plantas. Um pouco. Senhor, se me permite perguntar...

— Não permito, mas sei que vai perguntar mesmo assim.

— O que aconteceu com eles? — ela disse. — Os cavaleiros, os caçadores de recompensa e as feiticeiras. O senhor os coloca nas hastes?

A resposta demorou um pouco.

— Sim.

— Por quê?

— Para mostrar aos próximos o que acontecerá a eles se tentarem me matar.

— Mas não há nenhum corpo lá fora. Desde o dia em que eu cheguei, não há corpos.

— Já lhe disse. Os lobos e os outros animais da mata acabam comendo. É um festim para eles. Os corpos nunca duram mais do que três ou quatro dias ali.

— Então por que o senhor continua se dando ao trabalho de colocá-los nos paus?

— Diabos, garota. Você não cansa de fazer perguntas? — ele reclamou. Vika não respondeu. — Faz tempo que não faço isso. Agora apenas mato quem tenta me matar e atiro os corpos aos lobos.

Ela o encarou, fitando-o nos olhos cor de avelã que se escondiam fundo dentro da cavidade ocular. Seu rosto ossudo passava um aspecto doente, e de fato ele parecia um homem frágil e adoecido. Demasiadamente magro, a camisa bordô sobrava em seu corpo pálido. Os cabelos levemente ondulados desciam até os ombros. Um dia provavelmente foram bonitos, Vika pensava, mas agora eram fios quebradiços e cinzentos. O homem combinava com aquele lugar: algo que um dia foi belo, mas agora estava em ruínas. Vika ficou imaginando como um sujeito tão magro conseguiria derrotar um cavaleiro de armadura e espada, ou uma feiticeira capaz de invocar fogo, raios e vento cortante.

— Você andou explorando por aqui? — ele indagou. — Toda vez que eu saio?

— Achou que eu ficava a noite toda parada no mesmo lugar, esperando o senhor retornar?

— Pensei que você ficava chorando no corredor. É só o que vi você fazer desde que chegou aqui. Falar besteiras e chorar.

Ela ignorou as ofensas. Estava acostumando-se ao jeito bronco do homem. Ele dizia aquelas coisas, mas em nenhum momento demonstrou ser uma ameaça.

— Se o castelo foi destruído, que parte é essa onde estamos? — ela mudou de assunto.

— O calabouço. Todo castelo tem um. Este corredor leva para as alas onde ficavam os prisioneiros.

Vika imaginou que tipos de crime os homens cometiam para acabar aprisionados, mas por fim perguntou outra coisa:

— Eu nunca entendi muito bem como destruíram este castelo desse jeito. Um gigante?

Agora o homem é quem ficou pensativo.

— Nunca vi um gigante, e a história deste castelo vai ficar para outra hora. Tente dormir um pouco. Eu também vou descansar. À noite, terei que sair de novo, buscar comida para você. E para mim.

O homem também dissera algo assim no dia anterior, mas Vika nunca o via comer; quando retornava, dizia que já havia jantado.

— Ainda tenho um pedaço do pão que você me trouxe — ela informou. Havia guardado no único bolso interno da capa que o homem lhe dera. — Não comi tudo. Aliás, onde você conseguiu pão e queijo?

— Você está muito magra — ele a analisou, ignorando a pergunta. Vika achou graça daquilo, ele era o homem mais magro que a menina já tinha visto – e havia muita gente magra em seu vilarejo. — Quando eu sair de novo, vou tentar encontrar mais comida para você. Agora, por favor, me deixe dormir.

Ele se levantou e foi para mais fundo no corredor, onde não era possível enxergar por causa da escuridão.

— Aonde você vai? — ela quis saber.

— Este é apenas o corredor de entrada do calabouço — ele explicou. — Há outros corredores com celas no subsolo. Lugares mais escuros, vou dormir lá. Pode ficar aqui, com a luz das tochas. Ou ir lá para fora. Faça o que quiser. Falamos depois.

Ela obedeceu. Quase não havia dormido à noite, era quando os pensamentos mais tristes a visitavam. Ficava choramingando baixinho, esperando o homem voltar, mas quando ele retornava, não lhe dava muita atenção. *Talvez ele esteja começando a gostar de mim*, ela pensou. *Talvez... ele cuide de mim.*

Ali, sob a luz das tochas no corredor, ela encolheu-se e adormeceu.

Acordou quando pensou que estava caindo.

Uma queda muito alta, que só não se concretizou porque ela acordou antes.

Sabia que havia tido um pesadelo, ainda sentia o peito pesado e a respiração ofegante, resquícios de um sonho ruim. Não conseguia lembrar-se do que havia sonhado, então apenas olhou para os degraus que levavam para fora e viu que não havia mais luz ali. Ela já havia percebido nos outros dias, sabia quando era meio-dia, porque era quando o sol estava bem no alto e os raios solares alcançavam metade dos degraus para baixo. Da mesma forma, agora ela sabia que a tarde estava chegando ao fim, já que luz ia saindo dos degraus, como se os raios de sol estivessem subindo a escadaria.

A noite cairia em breve, e ela pensou que era hora de acordar o homem. Queria conversar mais, antes que ele a abandonasse de novo. Pegou uma das tochas e seguiu até o final do corredor. Era largo, de pedra sobre pedra, e Vika notava rachaduras conforme aproximava as chamas da parede. Ao fim, chegou ao que costumava ser uma bifurcação, mas o caminho da direita estava obstruído por pedregulhos disformes e um pedaço de aço retorcido. Seguiu pela esquerda e saiu numa larga sala com portas de madeira pesada, com pequenas grades na parte superior, mais ou menos à altura que ficaria a cabeça de uma pessoa. Ela vasculhou as três primeiras e não encontrou nada, apenas palha no chão e correntes de ferro nas paredes. Até que, na quarta, viu o homem. Ele estava deitado no centro da cela, as costas num amontoado de palha no chão, os braços esticados ao lado do corpo. Estava rígido, como se estivesse morto. Aproximou-se dele com a tocha, para enxergá-lo melhor. Ele não parecia respirar, ou, se o fazia, respirava de uma maneira tão sutil que Vika não conseguiu ver o peito se mover para cima e para baixo, como deveria ser. Ela pensou em tocá-lo, mas ali, deitado daquela forma, parecia mais do que nunca que ele não gostaria de ser incomodado. Receosa, Vika deu um passo para trás e olhou para cima. E viu dois olhos faiscarem por um momento, olhando diretamente para ela.

Quis gritar.

Engoliu o berro e ergueu a tocha, cambaleando para trás, quase caindo. Tentou se tranquilizar. *É só um morcego*, pensou. Então esticou a tocha para cima o máximo que seu braço permitiu e viu que não havia apenas um morcego no teto. Não eram dez, ou vinte. Centenas de morcegos dominavam o teto do calabouço, todos em silêncio. Alguns com olhos abertos, outros bem fechados, mas todos definitivamente de cabeça para baixo.

Vika havia escapado de homens com espadas, havia desafiado gatos selvagens e lobos e ainda estava viva. Sentiu-se tola por ter ficado com medo de morcegos. Ainda assim, não quis voltar lá. Com uma fincada de medo na alma, voltou ao corredor na entrada do calabouço, colocou a tocha no suporte na parede e esperou até que o homem acordasse por conta própria.

Não demorou muito, ele veio ao encontro dela.

— Já é noite? — ele perguntou, caminhando devagar.

— Não, ainda é o fim da tarde, mas em alguns minutos deve anoitecer — ela parou para criar coragem e perguntar: — Eu estava pensando... o senhor poderia me levar esta noite?

— Levar você?

— Eu sei que o senhor não quer me dizer o que faz todas as noites, nem aonde vai, mas o que eu quero é um favor — agora ela estava com os punhos muito fechados, nervosa. — O senhor pode me levar de volta ao vilarejo?

Vika esperou ele negar de todas as formas. Esperou ele dizer que não a levaria porque ele não tinha nada a ver com isso, porque todos estavam mortos, ou simplesmente porque era tudo perda de tempo.

— Esta noite — ele limitou-se a responder, os olhos fixos em Vika. — Alguém pode ter sobrevivido, alguém que possa cuidar de você. Sim, esta noite irei levá-la de volta.

— Senhor... — ela hesitou. Queria voltar ao vilarejo porque havia algo dentro de si insistindo para ver o resultado daquele dia terrível, mas no fundo o que realmente desejava era que aquele homem a acolhesse.

— Não — ele disse, compreendendo o intuito da garota, enfatizando com o dedo em riste.

— Então por quê? Por que me deixou ficar até agora? — desde a primeira noite estava claro que o homem nunca teve vontade de matá-la, mas ela tinha certeza de que ele teria dado um jeito de espantá-la do morro, se realmente quisesse.

— Não importa. Você vai encontrar alguém para protegê-la. Fico feliz por isso, garota. Fico mesmo — ele disse e saiu para ver a noite que caía, mas Vika percebeu que felicidade não combinava em nada com o semblante daquele homem melancólico. — Antes, quero que veja uma coisa.

Esperaram a noite cair e saíram do calabouço. O castelo ficava no alto do morro, sendo acessível por dois lados: pelo oeste, onde era protegido pelas matas inóspitas, e pelo norte, onde era preciso atravessar a floresta de pinheiros e pequenos lagos. Pelo sul era praticamente impossível, por causa dos desníveis das rochas, e pelo lado leste, onde havia um paredão ao qual a construção era anexada, havia somente um penhasco que dava num sem-número de pedras de todas as formas. Pedra, pedra e mais pedra, numa paisagem que assim se mantinha até afundar na névoa de uma terra alagada numa área pantanosa. Um dos muitos pântanos do nordeste das terras de Fáryon.

E agora ainda era possível ver o pantanal, porque a torre leste ainda estava de pé.

Torre da Tristeza era como a chamavam.

Duas noites atrás, o homem tinha visto o momento em que Vika estava saindo de lá. E ele estava certo ao presumir que a menina havia tentado subir os degraus internos da torre na esperança de chegar ao alto e enxergar a paisagem do outro lado. A questão é que, por dentro, a torre não estava conservada. Havia escombros bloqueando a porta da sala do topo, pedras, madeira e até pedaços de armaduras enferrujadas, tudo numa mistura caótica resultante de uma batalha antiga.

— Por que você queria subir a torre?

— O quê? — ela se fez de desentendida.

— Vi você saindo da torre quando eu cheguei na outra manhã, mas sei que não deve ter conseguido subir muito, a escadaria está obstruída antes de se chegar ao topo.

— Só estava curiosa — ela disse. — Quando cheguei aqui, no primeiro dia, pensei em subi-la, mas fiquei com medo que tivesse fantasmas. Agora sei que não há nenhum fantasma aqui. Aquela é a única torre da fortaleza que ainda se mantém de pé. Queria ver a vista lá de cima. Eu nunca fui em um castelo, mas ouvia muito do meu tio. Ele vivia descrevendo como era bela a fortaleza do duque.

— Sinto muito que o primeiro castelo que você conheceu seja este, em ruínas. Suponho você terá que viver para ver outro, ainda inteiro, algum dia.

Vika sorriu.

— Eu disse que o senhor gostaria de mim.

— Ainda não, garota. Ainda não — ele se abaixou e ficou de costas para ela. — Pegue uma tocha e suba, vou levá-la até a torre. Mas nem pense em se atirar.

Ela fez como o homem disse e deixou que ele a carregasse sobre os ombros. Não conseguia ver muita coisa, era lua minguante e algumas nuvens ocultavam as estrelas. Graças à luz da tocha, podia desviar a cabeça de um e outro escombro, conforme o homem caminhava entre os destroços do castelo. Logo chegaram à torre, acessada por um buraco na lateral, já que a porta de entrada estava bloqueada por rochas. Ele a colocou no chão e os dois vagarosamente subiram os degraus. Foram alguns minutos de subida silenciosa, até que ficaram de frente para a passagem obstruída: um arco de porta repleto de destroços que impossibilitavam o acesso à sala. O homem passou os dedos pelas pedras. Fez um sinal para que Vika se posicionasse com as costas na parede, abrindo espaço na escadaria. De súbito, enfiou a mão naquela confusão de ruínas e desfez tudo num puxão descomunal. Pedras voaram para baixo, rolando pelos degraus. Pedaços de móveis se chocaram contra a parede, uma espada quebrada rodopiou pelo ar.

Vika arregalou os olhos, mas não disse nada.

— Não é fácil invadir uma torre — ele explicou. — Como um invasor vai subir essas escadas em espiral sem levar uma saraivada de flechas das sentinelas? — entrou na sala cuidadosamente, evitando pisar num esqueleto de armadura. Vika o seguiu com cuidado para não tropeçar na escuridão.

03 • O Melhor Homem que Conheci

O homem retomou: — E aqui, na sala do topo, pode-se refugiar no caso de um cerco, mas também é inútil permanecer se o resto da construção foi destruído e não há acesso interior às outras áreas do castelo, por isso passagens secretas no subsolo são mil vezes melhores. Mas aqui, no alto da torre, os sobreviventes fizeram o que puderam, empilharam os destroços para impedir o avanço de quem estava do lado de fora. Algo explodiu aqui em cima — ele apontou para as manchas escurecidas na parede. Vika aproximou a tocha para enxergar melhor. — Você já deve ter ouvido histórias sobre as pessoas que viveram nesta torre. Claro, não conseguiríamos entrar nos aposentos agora, os quartos desta torre estão destruídos — ele disse, mudando de assunto repentinamente, como costumava fazer. — E uma dessas pessoas, em especial, adorava olhar para o pântano.

Vika ficou em silêncio. Estava simplesmente abismada com a força daquele homem. Não fazia sentido um sujeito tão magro e acabado ser capaz de desfazer uma parede de escombros com um único puxão. Na verdade, não faria sentido mesmo se ele tivesse uma aparência mais bruta.

Aquela sala era uma confusão tão grande quanto poderia ser. Meia dúzia de esqueletos em armaduras enferrujadas espalhavam-se entre pedaços de mesas, cadeiras e estantes, com marcas que sugeriam realmente que uma explosão havia ocorrido ali. Espadas carcomidas espalhavam-se pelos cantos, um dos cadáveres ainda tinha a sua no colo, ao lado de um odre vazio. Outros corpos estavam despedaçados, eram apenas ossos desencontrados de pessoas diferentes. E a parede semidestruída revelava o céu noturno.

E o pântano.

— Venha. Olhe.

E ela olhou.

— Só há...

— Névoa. Sim, eu sei — ele disse. — E mesmo assim, ela adorava olhar essa paisagem.

— Ela?

— Sim, ela tinha esse dom. Ela via beleza onde ninguém mais vê.

Vika teve vontade de perguntar mais coisas, queria saber quem era *ela,* mas o homem aparentava estar imerso em nostalgia e, pela primeira vez, parecia que ele se importava profundamente com alguém.

Alguém que já não vivia mais.

Foram minutos de um silêncio incômodo, mas Vika tentou não atrapalhar a introspecção do homem. Permaneceu observando a névoa do pântano, tentando encontrar algo de interessante. De súbito, ele virou as costas e desceu a escadaria com pressa. Vika o seguiu, não queria ficar sozinha lá em cima.

— Venha, garota. Vou levá-la ao vilarejo.

— Agora? Não podemos ficar mais um pouco? — ela pediu. Começou a sentir um medo descomunal de ser abandonada por ele. — Sei que fui eu quem pedi para me levar, mas eu só quero... eu só quero ver como está o vilarejo. Se o senhor me permitir voltar...

Em um instante ele a ergueu sobre o ombro, com tanta facilidade que era como se levantasse uma folha. Vika quase deixou a tocha acesa cair.

— Você não pode continuar aqui. Você... se parece muito com ela — ele disse.

Vika queria fazer perguntas, mas havia algo de diferente no homem, algo sombrio, que mudava seu olhar e até mesmo a entonação de sua voz. Então ela se manteve em silêncio enquanto deixava que ele a carregasse escadaria abaixo.

Desceu o morro e atravessou o lago com desenvoltura espantosa, como se os pés mal tocassem a superfície. Vika observou o reflexo bruxuleante das chamas da tocha sobre as águas enquanto o homem caminhava rápido, a passada longa das pernas compridas e magras davam à menina a impressão de que estavam correndo, em alguns momentos o vento quase apagou a tocha. Em silêncio, os dois levaram algum tempo para atravessar a floresta de pinheiros.

E seguiram, e nada disseram por um tempo. Até que chegaram, e Vika enxergou o resto do que costumava ser seu lar.

O homem a pôs no chão gentilmente. Vika segurou a tocha com força.

— Por aqui — ela disse, sentindo-se na obrigação de guiá-lo.

O cheiro de morte estava por todo o lado. As pequenas moradias, que já eram pobres, foram reduzidas à lama espalhada, madeira quebrada e palha queimada. Corpos apodreciam a cada dúzia de metros. Um braço perdido ao lado da carcaça de uma mula; o pé de uma criança pendia de uma corda de palha amarrada nos restos de uma viga de um salão que servia como templo improvisado. E os corvos, que já estavam cheios de tanta comida, vez ou outra ainda rondavam o local e beliscavam um e outro cadáver frio.

Vika podia sentir os olhos do homem observando-a. Sabia que ele queria testar sua reação, mas não foi por isso que não derramou lágrimas. Ela não chorou porque estava olhando justamente para aquilo que esperava encontrar. Estacou diante do corpo do homem que mais amara no mundo. Estava lá, estirado em frente ao casebre queimado, a flecha ainda cravada em suas costas. Sem falar nada, virou-o de barriga para cima.

— Seu pai?

Vika anuiu, passando a mão pelo rosto sujo do cadáver.

— Sinto muito — o homem disse.

Ela percebeu que ele realmente sentia.

— Por que fazem isso? — Vika perguntou, genuinamente desejava entender.

— Para pilhar, para levar tudo que encontrarem de valor.

— Não tínhamos quase nada de valor — respondeu sem tirar os olhos do cadáver.

— Quase nada é melhor do que nada, pelo menos para monstros como os que passaram por aqui — ficava cada vez mais evidente que havia repulsa e raiva nas palavras do homem.

— Na sua época as pessoas faziam isso?

— Sempre fizeram — ele admitiu. — E continuarão fazendo nas eras que virão. Você disse que foi um pequeno exército que atacou o seu vilarejo?

— Eram muitos homens, mas não sei, nunca vi um exército. Os únicos soldados que já vi foram meu tio e os cobradores de impostos do duque, quando eles vinham aqui coletar dinheiro.

— Tem certeza de que não foi ataque de um grupo rival? Vocês não tinham alguma rixa com algum outro vilarejo próximo?

— Não sei — ela respondeu, e não sabia mesmo. O que uma criança poderia saber sobre essas coisas? — Mas não há nenhum vilarejo aqui perto. A maioria das pessoas daqui trabalhava nos campos do duque Miguel. Os homens dele vinham de vez em quando, pegavam a colheita e iam embora.

— Duque Miguel? O que aconteceu com Eduardo Duragan?

— Morreu faz quase um ano — ela respondeu.

— Miguel Duragan... — o homem divagou. — Parece que ele está com problemas para manter suas terras em ordem. — ele observou a garota, como se esperasse que ela fosse chorar. — Pode chorar, garota. Não há problema nenhum nisso. Ele era o seu pai.

— Já chorei bastante — ela disse. Fez um carinho no cabelo sujo de sangue, virou-se e olhou para o homem.

— Está certo — ele disse, oferecendo a mão. — Eu vou cuidar de você.

— Vai? — ela perguntou, a voz trêmula. — Jura?

— Sim.

Vika não quis saber o porquê de o homem ter mudado de opinião, apenas sentiu alívio por ter sido acolhida, então resolveu não fazer mais perguntas. O homem se abaixou e apoiou um joelho na lama, então a acariciou no rosto, tirando os cabelos sebosos da frente dos olhos com delicadeza. Foi quando ela percebeu que, na verdade, quem parecia querer chorar era ele.

— O que houve?

— Você acreditaria se eu lhe dissesse que houve uma época diferente? — ele indagou. — Uma época em que estas terras eram governadas por um homem corajoso, bom e justo. Ele nunca teria deixado que atacassem a sua casa.

— Quem? — ela perguntou baixinho. — Quem era esse homem?

— Meu irmão — o homem disse. A voz embargada. — O melhor homem que conheci.

— Onde ele está agora? — ela perguntou. — O que aconteceu?

Ele a abraçou, de modo que agora a garota não podia ver seu rosto. Vika deixou que ele apoiasse a cabeça em seu ombro e, por um segundo, o homem pareceu mais indefeso do que ela.

— Ele se tornou um monstro — ele disse com a voz trêmula. — Então eu o matei.

Vika largou a tocha na lama e envolveu o homem em seus braços carinhosamente; então, ambos sofreram em silêncio.

Os Idiotas que Não Pretendem Morrer

- TONY -

A pequena comitiva de Miguel Duragan era formada por vinte soldados e um magíster, responsável por cuidar da saúde do grupo. A viagem até Porto Alvo levaria em torno de dez dias, e todo o percurso seria realizado sem prostitutas, servos para cozinhar e servir e bardos para entretê-los. *Apenas um punhado de militares e um médico*, Tony pensou quando os viu pela primeira vez. Os homens do duque protegiam-se com armaduras de placas em um tom escuro de cinza; nos escudos, o machado de lâmina dupla dos Duragan, pintado em dourado. Alguns portavam espadas em bainhas no quadril, outros preferiam machados de guerra.

Tony havia aceitado a missão, mesmo que pudesse ter recusado a oferta; não queria abdicar da adaga de aço vermelho, a única coisa que restara de seu irmão mais novo. Agora ele a carregava na cintura, porque o duque havia lhe entregado a recompensa antes do trabalho ser feito, o que gerava uma espécie de débito entre os dois. A verdade é que Tony estava farto de lidar com a nobreza, havia deixado aquela vida para trás há anos, mas agora estava sendo arrastado de volta. Miguel parecia ser muito melhor que seu pai, mas ainda assim não era o suficiente para que Tony gostasse dele. No fim, a única diferença entre reis, duques e condes era o nível hierárquico, em essência eram todos iguais: entravam nas vidas das pessoas sem serem convidados e as mudavam para sempre.

E sempre para pior.

De qualquer forma, Tony resolveu avaliar o comportamento do duque antes de odiá-lo e levou três dias de viagem para concluir que Miguel realmente era diferente do pai. O jovem duque parecia justo, honrado e cordial. Procurava-o apenas para falar da missão, sempre de forma séria e pragmática. Também tratava seus subordinados com dureza, e nisso puxava o pai, mas as semelhanças paravam por aí, porque dirigia a palavra a eles de forma justa e tratava-os com respeito. Tony chegou a pensar que talvez fosse gostar de Miguel, mas já havia conhecido outros homens cujas palavras eram honra e cordialidade e as ações não passavam de violência disfarçada. Eram duas formas diferentes de arrogância, ambas igualmente perigosas, de modo que resolveu parar de antagonizar o duque, mas também não criou simpatia por ele.

Havia levado poucas coisas para a missão. Nada mais que algumas mudas de roupa e poucos itens que ele sabia serem necessários para o tipo de monstro que precisava exterminar. Não levava espadas nem lanças, apenas o punhal que seu amigo ferreiro havia lhe dado e a adaga do irmão; fizera uma lista com as provisões e equipamentos de guerra essenciais para enfrentar a criatura do Castelo dos Sussurros, e todos os outros itens seriam cedidos pelo próprio duque quando chegassem à capital.

Na maior parte do tempo, Tony cavalgava o próprio cavalo ao lado dos soldados. Preferia sentir o vento nos cabelos do que trancar-se na carruagem fechada em que o duque viajava. Quando faziam paradas, Tony lia os relatórios que os soldados lhe haviam entregado na primeira noite. Registros de pessoas que tentaram matar a criatura, mas poucos que enfrentavam o monstro conseguiam fugir para contar a história, e havia muita informação divergente entre os sobreviventes, visto que boa parte deles enlouquecia depois do episódio.

Chegaram à capital na tarde do décimo dia, uma equipe de guardas estava pronta para recebê-los. A cidade era toda construída com pedras claras, num cinza quase branco, e por isso fora chamada de Porto Alvo. Tony percebeu que o lugar havia se desenvolvido desde a última vez que passara por ali, quando ainda era um Assassino Sagrado. As ruas fediam menos, as pessoas pareciam mais felizes e o comércio estava movimentado. Havia uma época em que Tony amava cidades grandes, suas ruas sempre cheias e o excesso de barulho. Agora tinha saudades de seu sítio, com sua casa que ficava cinco quilômetros afastada da cidade mais próxima.

Seguiram a rua principal que levava até a entrada da fortaleza, e o povo abria caminho de bom grado e cumprimentavam os soldados e o duque. Quando se aproximaram do castelo, o portão já estava aberto. A ponte levadiça sobre o fosso. Tony já estivera ali antes, mas só quando visitava o local pessoalmente é que se lembrava da grandiosidade da Fortaleza das Dores. As muralhas externas tinham vinte e cinco metros de altura, e as internas trinta, e mesmo assim as torres redondas as superavam, estendendo-se por mais uma dezena de metros. A construção era protegida e vigiada de todos os lados, com suas costas para a praia pedregosa e o mar de águas escuras. Havia tantas torres de vigilância que era melhor não tentar contar todas. Estátuas de anjos guerreiros destacavam-se nas muralhas, tomando o lugar que, em outros castelos, seria das gárgulas. O solo era firme, mesclando terra, rochas e gramíneas que formavam tapetes naturais e amontoavam-se em bases de rochas maiores. Muitos soldados rondavam a entrada, e arqueiros e besteiros caminhavam pelos adarves, sempre atentos.

Uma vez do lado de dentro dos muros, percorrendo o primeiro pátio, percebia-se que aquela fortaleza era basicamente uma cidade dentro de outra. Edifícios erguiam-se além das muralhas internas, num labirinto de pedras cinzentas. Tony se lembrava de que aquelas paredes ficavam tomadas por folhas verdes e ramificações coloridas no verão e na primavera, mas agora era outono, e a folhagem seca formava mosaicos naturais nos muros.

Tony fora acomodado em um aposento suntuoso na torre leste, com tapeçaria fina, móveis requintados e uma boa vista para as docas, onde podia ver o comércio de frutos do mar. Miguel pediu para que Tony esperasse seus homens providenciarem tudo que havia sido solicitado para a missão. Então, o contratado aproveitou o banho que havia sido preparado pelas servas da fortaleza e devorou a torta de frango e ervilhas que lhe serviram, empurrando tudo para baixo com uma cerveja. Tentou descansar – viagens eram sempre cansativas –, mas estava ansioso e não conseguia relaxar. Estar ali, no castelo do duque, não era prazeroso para ele, apesar de estar deitado em uma cama confortável e de barriga cheia. Houve um dia em que Tony ansiava pelas missões, não via a hora de enfiar uma espada em algum monstro. Hoje, sonhava com uma partida de cartas com amigos e com um copo de vinho dos Batius. Amava sua vida atual, sabia que teria escolhido vivê-la muito antes, se soubesse o quão bom aquilo podia ser. Tudo que ele tinha que fazer agora era cumprir sua parte do acordo e matar a criatura, então poderia voltar para casa.

Impaciente, vestiu-se e saiu de seu quarto. Ficou incomodado quando encontrou dois soldados guardando a porta pelo lado de fora.

— Senhor — disse um dos soldados, quando Tony passou por eles em direção ao corredor da esquerda. — Fomos informados de que precisa descansar para uma missão importante.

— Não ficarei no quarto sem fazer nada, me entedio fácil. Não tentem me impedir de ir ver o duque.

— Não estamos aqui para impedi-lo, senhor — respondeu o outro guarda.

— Então o quê?

— O duque está descansando no momento, nos aposentos com a duquesa.

Merda, Tony pensou. Tirar o duque de uma reunião de negócios seria uma coisa, mas arrancar Miguel da cama e dos braços de sua esposa era algo que Tony não desejava fazer. Não sabia quem era a jovem com quem o duque havia se casado e nem de que família ela vinha, não se importava com a vida da nobreza e com alianças políticas. Não mais.

— Então vou caminhar pela fortaleza.

— Senhor, se me permite informar — disse o soldado. — O duque pediu para que lhe disséssemos que há duas pessoas esperando pelo senhor na Taberna do Cão Amarelo.

— Não há ninguém me esp... — Tony parou e pensou um pouco. Lembrou de que Miguel havia dito que outros dois caçadores de monstros o auxiliariam na missão. — Acho que sei do que se trata. Por que não me disseram isso antes?

— Porque o senhor estava descansando em seus aposentos e não queríamos atrapalhar. Além disso, não há pressa. Os dois esperarão pelo senhor a noite toda. Já devem estar lá há algumas horas.

— Não sei quem são, nem sei como eles se parecem.

— Desculpe-nos, senhor, mas também não temos essa informação.

Tony ponderou mais um pouco e pensou que talvez fosse uma tarefa interessante para passar o tempo. Não sabia quem eram os outros dois contratados, mas podia ir à taberna e observar os clientes até descobrir. Serviria como um teste, para ver se os homens que o acompanhariam em missão eram ao menos inteligentes e sabiam mesclar-se ao público comum.

Despediu-se dos soldados com um pouco de cordialidade, para compensar a rispidez com que os tratara no começo. Tony sabia onde ficava a Taberna do Cão Amarelo, visitara o lugar dezenas de vezes no passado, e o caminho era fácil de percorrer, já que as lamparinas de chamas a óleo espalhadas pela cidade a iluminavam bem à noite.

O vento gelado do outono assoviou nos ouvidos de Tony e ele fechou o gibão preto até o último botão. Deixou o punhal no lado direito do quadril, e a adaga do lado esquerdo, ajeitando as armas de uma forma que ficasse fácil de usá-las, caso precisasse. Avistou a placa do estabelecimento de longe; um arco de madeira grossa sobre a porta, com a cara de um cão de caça talhado de forma a parecer que estava sorrindo.

Adentrou o local como um cliente qualquer. Não havia mesas vazias, a taberna estava cheia, então foi direto ao bar, desviando das pessoas. Durante o caminho, passou os olhos por todos os cantos. Sabia fazer isso sem parecer suspeito, fora treinado na arte da dissimulação.

Às vezes, para ser um caçador, você precisa fingir ser a presa.

Os dez segundos que levou até a mesa do bar não foram suficientes para que Tony conseguisse encontrar quem estava procurando. Havia alguns soldados numa mesa ao fundo, mas não faria sentido que eles fossem os escolhidos do duque. Se fossem, estariam na fortaleza, não ali na taberna. Um grupo de mercenários havia juntado quatro mesas redondas e estavam fazendo festa em um dos cantos, próximos à escadaria que levava para o segundo piso, onde eram os aposentos da estalagem. Estavam cantando alto e derramando mais bebida no chão e em suas roupas do que nas próprias bocas. Tony os analisou e julgou que talvez dois ou três fossem habilidosos, mas não teve muita convicção de que os homens contratados pelo duque estavam ali.

— Uma cerveja preta e uma porção pequena de azeitonas e queijo — disse ao taberneiro e largou três peças de cobre na mesa. As faces das moedas revelavam a união do Estado com a Igreja. De um lado, um triângulo formado pelas três estrelas do Eterno, simbolizando a trindade de anjos divinos. Do outro, uma coroa com quatro pontas, representando os quatro ducados do reino. — E se eu lhe der mais uma dessas, será que pode me responder uma coisa?

— Depende — o rapaz disse suspeitoso, secando um copo com um pano velho. — Eu posso me meter em confusão se responder?

Na última vez que visitara o local, o taberneiro era um velho careca, de barba vermelha e barriga inchada. Agora quem o havia atendido era um rapaz com não mais de vinte anos, com cabelos ruivos e olhos verdes, levemente vesgos. Ainda assim, os traços não mentiam: provavelmente era o filho.

— Não sei — Tony disse. — Mas pode acabar ganhando minha inimizade se não me ajudar.

O jovem taberneiro desviou o olhar, incomodado.

— Ajudarei, se eu puder.

— Por acaso há dois homens que chegaram aqui juntos, há algumas horas?

— Muitos vieram em duplas.

— Homens reservados, discretos.

O taberneiro parou para pensar.

— Difícil saber, senhor. Muitos chegam aqui e parecem discretos e reservados, mas deixam de ser depois de alguns canecos de cerveja e hidromel.

Tony concordou com um sorriso.

— Merda, estou enferrujado. E sem paciência para ficar investigando — disse. Percebeu que havia pensado em voz alta um segundo depois. — Tome, rapaz — colocou mais duas moedas de cobre na mesa. — Pelo incômodo. Agora traga o que eu pedi, certo?

Tony pensou que descobriria a identidade dos homens do duque com facilidade, como se seus instintos de caçador voltassem para ele naturalmente, de uma hora para outra. Ele havia sido treinado desde a infância, não só para matar monstros, mas também para lidar com homens; e matá-los, se necessário. Sabia se infiltrar, sabia investigar e fingir ser quem não era. Sabia caçar, lutar e matar. Sabia até alguns feitiços e tinha talento na arte da alquimia.

Mas estava aposentado há sete anos. Desde que deixou de ser um Assassino Sagrado para se tornar um simples solucionador de problemas, poucos foram os trabalhos que envolveram combate. Em verdade, o último havia sido há mais de um ano, envolvendo um barão mesquinho e uma baronesa infiel, e mesmo na ocasião, não precisou exigir muito de suas habilidades de investigação, atuando mais como capitão de um grupo de soldados do que como investigador.

Assim que o taberneiro trouxe seu pedido, Tony enfiou um punhado de queijo na boca e virou um caneco de cerveja. Quando ia pedir outro, uma mão pesada pousou em seu ombro.

— Não peça outra — a voz grave veio de trás. — Temos bebida na nossa mesa.

Por um segundo, Tony pensou em puxar o punhal. Desistiu no instante seguinte, percebeu que pareceria desesperado se o fizesse. Só não queria admitir que havia sido pego de surpresa; se fosse sete anos atrás, nenhuma mão jamais tocaria seu ombro sem que ele permitisse. Tony virou a cabeça vagarosamente para trás e fingiu naturalidade.

— Bebida de graça? — perguntou, forçando bom humor. — Nem dos meus amigos costumo receber essa oferta. Parece que as pessoas são mais amáveis aqui, na capital.

Tony encarou o rosto desconhecido. O cavanhaque branco se destacava na pele negra, contornando a boca de lábios grossos e descendo com fios espessos até o queixo, formando três tranças de pelos brancos enrolados com uma linha dourada, pendendo para baixo. As sobrancelhas também eram alvas, e os olhos, grandes e castanhos. Tony percebeu que ele não tinha idade para ter tantos fios grisalhos, e os pelos eram brancos demais, de modo que eram pintados, não frutos da idade. Além disso, o cabelo raspado estava começando a crescer, e os pequenos fios eram negros.

— Sente-se conosco — o homem disse e tirou a mão de seu ombro. Virou o corpo de lado, para que Tony pudesse ver quem estava atrás. Olhando reto, na segunda mesa, próxima a um pilar com uma lanterna de azeite com um fogo baixo, havia uma mulher sentada de frente para uma mesa, sobre a qual repousava uma grande jarra de vinho, já pela metade. — E podemos pedir mais, se o senhor quiser.

— Desculpe, mas nos conhecemos? — Tony indagou, mas já sabia do que se tratava.

— Ezendir — ele apresentou-se e ofereceu a mão para que Tony o cumprimentasse.

— Já sabe quem eu sou — Tony o cumprimentou com um falso sorriso.

— Viemos para o mesmo trabalho que o senhor.

— Imaginei. Diga-me, como sabia quem eu era?

— Lua Rubra — ele apontou para a adaga no cinto de Tony. — O pomo em forma de meia lua. É uma arma famosa, pertencia a Tomas Manphel. Dizem que a lâmina é de aço vermelho. É verdade?

Tony estranhou. Sabia que o irmão havia nomeado a adaga, mas não era comum que as pessoas conhecessem as armas dos Assassinos Sagrados, muito menos seus nomes verdadeiros. Ezendir deveria ter algum tipo de conexão com o clero, ou conhecera guerreiros que faziam parte da organização, de modo que podia ter ouvido histórias a respeito.

— Sim, é feita de aço vermelho. Eu a desembainharia e lhe mostraria agora, mas acho que não é uma boa ideia puxar uma adaga aqui, no meio da taberna — ele olhou ao redor e fez um sinal com a cabeça, para Ezendir fazer o mesmo. Metade das pessoas na taberna estavam armadas, desde espadas na cintura a facas escondidas nas botas.

— De fato. Queira me acompanhar, por favor.

Tony pegou sua caneca vazia e sua cumbuca de queijo e azeitonas e andou em direção à mesa. Detestou o fato de ter sido identificado. Havia saído para descobrir quem eram os contratados do duque, mas fora descoberto por eles. A raiva foi diminuindo conforme se aproximava da mulher.

Uma mulher bonita e bebida de graça, Tony pensou.

— Conseguiram reservar um lugar para mim durante esse tempo todo, numa taberna cheia — Tony disse, sentando-se no assento vazio. Colocou a caneca vazia e a cumbuca com comida na mesa. Ezendir sentou-se ao seu lado. — Obrigado.

Tentou disfarçar, mas estava irritado. Se tivesse notado que uma das mesas tinha uma cadeira vazia, seria um grande indicativo de que aqueles eram os contratados do duque e estavam à sua espera. Um detalhe que ele não devia ter deixado passar.

— Obrigado pela consideração — ele retomou. — Não consigo imaginar quantas vezes os outros devem ter pedido essa cadeira.

— Não foi tão complicado quanto parece — a mulher respondeu.

— Tony Manphel — ele estendeu a mão para cumprimentá-la.

— Dianna Duragan — ela o cumprimentou.

Tony ficou em silêncio por alguns segundos, sem saber o que pensar a respeito daquilo. Observou a mulher. Ela tinha cabelos castanho-escuro lisos e longos, os olhos eram verdes, ou amarelados, era difícil dizer à meia luz da taberna, mas parecia algo entre as duas cores. Uma marca de batalha antiga, há muito cicatrizada, descia verticalmente na forma de um risco fino da testa até o queixo, passando pelo olho esquerdo e pela ponta dos lábios, onde cruzava com outra cicatriz horizontal, provavelmente feita por uma faca de lâmina fina e pequena. Tony não precisou olhar para ela mais do que dois segundos para concluir que era bonita, mas o sobrenome afastou qualquer atração. Pelo menos tanto ela quanto Ezendir vestiam-se com roupas casuais, sem chamar a atenção, e isso agradou Tony. Ademais, se eles estavam armados, deviam estar escondendo bem as lâminas, porque não andavam com punhais na cintura, e nisso superavam Tony no que diz respeito à discrição.

— Vá em frente — ela disse. — Faça algum comentário sobre uma nobre envolvendo-se numa missão como essa. Diga que meu lugar é cuidando do lar, não me envolvendo com esse tipo de coisa.

— Não é novidade encontrar nobres com fome de batalha. Eduardo Duragan adorava matar monstros.

— Dizem que ele era bom nisso — Dianna comentou.

— Ele lutava bem, mas era displicente. Viveu muito mais que guerreiros melhores do que ele. Alguns dizem que os loucos têm sorte.

— Não há sorte — Ezendir sentou-se. — O Eterno permitiu que ele vivesse, por alguma razão.

— É devoto, homem? — Tony quis saber. — Além disso, é Ezendir do quê? Não sei seu sobrenome.

O homem puxou a manga da camisa e mostrou o triângulo de estrelas tatuado no antebraço.

— Abdiquei de meu sobrenome quando entrei para a Fé. Sou um servo do Eterno, como o senhor.

— Como eu *era* — Tony fez questão de enfatizar. — E apenas porque não tive escolha. Nunca fui louco o suficiente para marcar meu corpo para sempre com tinta com essas malditas estrelas. Eu fazia o que fazia porque ganhava muito dinheiro. E porque eu não sabia fazer outra coisa.

— E porque o senhor era bom nisso — Dianna disse. — No fim, todos temos escolhas. Algumas são mais difíceis do que outras, sim. Mas podemos escolher. Sempre.

— Concordo parcialmente — Tony serviu um pouco de vinho em sua caneca. — Nós, por exemplo, escolhemos por livre vontade partir em uma missão suicida — disse em um tom irônico.

— Não pretendo morrer — ela respondeu e serviu vinho para si mesma e para Ezendir.

— Também não, mas vocês sabem o tipo de criatura que enfrentaremos.

— Nosferatus — Ezendir disse, quase como um rosnado, a voz soou rouca e anojada. — Inimigo do Eterno, uma monstruosidade que desafia a finitude da vida e a vontade divina.

— Sim, um vampiro desgraçado — Tony confirmou. — Agora me digam, quantos vampiros vocês já mataram? Bom, eu começo. Seis.

Esperou que os outros respondessem, mas eles ficaram quietos e se entreolharam. Então beberam.

— Não creio — Tony apertou as têmporas. — Vocês não têm experiência com vampiros?

— Matei um licantropo uma vez — Dianna disse. — Luta difícil, levou sete dos meus companheiros. Tenho experiência militar. Sou boa espadachim, tenho precisão com arco e flecha e com a besta. Sou ágil. Sou bonita, isso é útil também em algumas missões.

— Além de tudo é humilde — Tony comentou.

— Não tanto quanto o senhor.

Tony gostou da resposta afiada e deixou escapar um sorriso.

— Selei a alma de um morto-vivo — Ezendir também quis participar. — Quebrei o crânio de um necromante com a magia divina, quando orei para Santo Eddard e ele abençoou minha clava. E liderei a batalha contra um demônio invocado por um bruxo.

— Bom, não posso dizer que não são guerreiros — Tony admitiu. — Mas um vampiro... quero dizer, é uma coisa totalmente diferente. Por que o duque contrataria vocês? Sem ofensa.

— Não há muitos com experiência contra vampiros hoje em dia — Dianna disse.

Tony sabia disso. A maioria das pessoas que já enfrentaram vampiros estava morta ou havia escolhido uma vida mais isolada, justamente para fugir dos dias de batalha contra aquelas criaturas.

— O problema não é o fato de ser um vampiro. O problema é que é *o* Vampiro, com V maiúsculo, porque esse monstro é um problema grande demais para ser ignorado. Meu irmão era habilidoso, tanto quanto eu, embora fosse mais teimoso e não tão esperto. Mas era um dos melhores no que fazia, e letal com uma lâmina nas mãos. Subiu aquele maldito morro e não voltou. Seja lá quem for esse vampiro, não é um monstro comum, e teremos que arquitetar um plano para matá-lo.

— Seguiremos as suas instruções — Ezendir garantiu.

Dianna apenas anuiu.

— É... — Tony murmurou. — Parece que há vários idiotas a ponto de aceitar uma missão como essa. Pelo que fiquei sabendo, muitos subiram o morro. Quase nenhum voltou — reclamou e bebeu o vinho. Arregalou os olhos e sorriu quando a bebida acariciou seu paladar, descendo pelo esôfago. — Isso é vinho dos Batius?

Dianna riu.

— Achou que receberíamos o senhor com bebida de baixa qualidade? Pedimos o melhor da casa.

Tony ofereceu queijo e azeitonas aos dois e serviu seus copos novamente, para que ficassem bem cheios. Propôs um brinde.

— Aos três idiotas que não pretendem morrer!

Brindaram.

Trocaram histórias de batalhas, falaram mal de nobres e debateram opiniões polêmicas sobre política.

Dianna era prima de Miguel, mas havia escolhido uma vida diferente. Nunca sonhou em casar com um nobre e formar uma família. Desde cedo, foi treinada pelos mestres de armas da família Duragan e foi escudeira de Durion Montebravo, um dos mais honrados e habilidosos cavaleiros do reino, a quem todos admiravam, inclusive Tony.

Ezendir empolgou-se depois da segunda jarra de vinho e falou três vezes mais do que falaria se estivesse sóbrio. Contou a história de quando tinha dezessete anos e era aprendiz de armeiro, e do quanto amava desenhar armaduras e torná-las realidade com metal e couro. Também contou como tudo isso virou um pesadelo quando a oficina em que trabalhava foi atacada por um bando de fora-da-lei. Relatou com detalhes quando os homens golpearam com uma maça de espinhos de ferro a cabeça de seu padrasto, que também era seu mestre na forja. Viu o homem cair no chão; viu o sangue escorrer de sua cabeça; e o viu parar de respirar. Os bandidos pegaram tudo que havia de valor e foram embora, deixando-o sozinho e nu.

Ezendir correu para dentro de casa, procurando pela mãe, mas descobriu que outro homem já a havia matado. Não queria lidar com aquela dor e não podia ficar parado enquanto aqueles que assassinaram seus pais estavam ali, impunes diante de seus olhos. Pegou o martelo de forja, apertou-o com força e pediu para que o Eterno o recebesse com misericórdia, porque ele certamente morreria enfrentando os assassinos. No fim, matara todos os seis e, por algum motivo — que ele acreditava ser divino —, sobrevivera aos ferimentos que os homens lhe infringiram.

Agora Ezendir fazia parte do Exército da Fé, uma divisão militar da Igreja do Eterno que havia sido criada depois da dissolução dos Assassinos Sagrados, organização da qual Tony um dia fizera parte.

Essas e outras histórias foram regadas a muito álcool, que começou com a qualidade dos vinhos dos Batius e foram diminuindo conforme as moedas ficaram escassas, terminando na garrafa de hidromel mais barata da estalagem. Tony também contou algumas das suas, mas, mesmo alcoolizado, era capaz de identificar a linha que não podia ser ultrapassada, então não revelou muita coisa, apenas contos de batalhas das quais os outros dois já tinham ouvido falar. Percebeu que Dianna e Ezendir, de alguma forma, o admiravam e respeitavam. Tony estava aposentado, mas quando era um Assassino Sagrado, sua reputação como caçador e guerreiro era grande o suficiente para se equiparar até mesmo aos mais famosos cavaleiros. Claro, havia uma grande diferença entre ser um cavaleiro honrado, nobre e habilidoso, e ser um caçador de monstros implacável, feroz e frio. Eram tipos diferentes de fama, e enquanto cavaleiros famosos eram amados e temidos, Assassinos Sagrados eram apenas temidos.

No meio da madrugada, uma briga começou. Dois homens do grupo de mercenários que estavam festejando mais ao fundo da taberna começaram a discutir e terminaram duelando com punhais. Ninguém separou, mas alguns fizeram apostas. Tony apostou no mais forte, Dianna no mais ágil. Ezendir absteve-se, pois era pecado apostar a vida dos homens. Ninguém morreu, mas o mercenário mais ágil fez um corte feio no abdômen do oponente, que teve de ser socorrido às pressas por um magíster bêbado, de modo que Dianna venceu a aposta, e Tony teve que pagar a próxima porção de pão preto e queijo.

Saíram dali quando o dia nasceu, atrasados para a reunião com o duque, que estava marcada para aquela manhã.

Voltaram os três pelas ruas da capital, rindo e conversando alto entre pausas para Ezendir vomitar.

O Livro dos Nomes
- Vika -

Ela tinha novas roupas. Não eram exatamente do tamanho ideal para seu corpo, mas eram melhores do que qualquer uma que já tivesse usado quando ainda morava no vilarejo. Vika já estava há treze dias nas ruínas no castelo, e agora não passava mais frio. O homem a presenteara com mantos, cobertores e roupas felpudas. Ele continuava sua rotina de saídas noturnas, mas não todas as noites. Às vezes, ele apenas dormia por longos períodos, sozinho na ala mais escura do calabouço. Conversava pouco com Vika, mas não a hostilizava mais e não a mandava ir embora. Por vezes, até mesmo a tratava com gentileza, e talvez a garota tivesse notado um tom de carinho escondido em duas ou três ocasiões.

E sempre que ele saía, trazia algo para ela ao retornar.

— De quem você rouba todas essas coisas? — ela perguntou quando o homem chegou com um par de botas nas mãos, na noite anterior.

— Depende, não vou sempre aos mesmos lugares — ele respondeu. — Alguns mais próximos, outros distantes.

Vika o observou enquanto ele se aproximava. O homem já não era o mesmo sujeito esfarrapado que ela conhecera dias atrás. Tinha um corpo esguio, mas não mirrado, como alguém que passa fome. Os cabelos já não eram acinzentados, mas de fios loiro-escuro, quase no mesmo tom que os dela. Na primeira noite em que Vika o viu, seu rosto era ossudo e de aspecto doente, mas agora parecia mais saudável, e os olhos castanhos ganharam uma tonalidade mais viva.

Como ele está... bonito, a garota pensou. Agora ele trajava uma camisa bordô e uma calça de couro marrom, que Vika não sabia se ele tinha roubado em uma de suas saídas à noite, ou se ele guardava outras roupas no calabouço. Eram peças leves, mas ele não parecia sentir frio. O homem não tinha o mesmo caminhar que as pessoas em seu vilarejo. Seus passos eram leves, mas também firmes; a postura austera, porém elegante. O olhar sério, ao mesmo tempo sereno. Ele era uma dualidade viva, e Vika o admirou como uma criança que admira um príncipe encantado.

— Você não tem um cavalo — ela disse, afastando os pensamentos. Antes, Vika o chamava de senhor, mas o homem havia pedido para que parasse de chamá-lo assim. — Como faz para ir a lugares distantes e retornar antes do dia amanhecer?

— O que já lhe falei sobre me encher de perguntas, garota? Agora, deixe-me ver os seus pés — ele abaixou-se e Vika levantou o pé direito, para que ele o pegasse nas mãos e analisasse. O homem tirou o calçado de pano sujo que ela estava usando improvisadamente. — Sim, acho que vai servir. Experimente.

As botas serviram. Eram confortáveis e quentes. Vika o abraçou.

— Obrigada, Artur.

Ele franziu o cenho.

— Já lhe disse para parar de me chamar desses nomes.

— O que você quer que eu faça, George? Você se recusa a dizer o seu.

— Não quero que se apegue a mim, garota.

— Você jurou que cuidaria de mim, esqueceu?

— Estou fazendo isso — ele virou as costas e dirigiu-se ao corredor mais ao fundo, que levava às celas onde dormia.

Vika era uma criança e não tinha pretensão nenhuma de fingir já ser adulta. Ainda assim, não era ingênua a ponto de não perceber a verdade; era o homem quem estava tentando não se apegar.

Ela só queria entender o porquê.

— Não é justo — ela reclamou. — Você sabe o meu nome, por que eu não posso saber o seu?

Antes de sumir na escuridão, ele disse:

— Certo, garota. Você pode arriscar os nomes que quiser, mas apenas um por dia.

— Parece justo — ela concordou animada. — Mas você terá que me dizer se eu acertar.

Ele pensou um pouco e bufou.

— De acordo — e voltou para a companhia das trevas.

Vika não gostava das outras alas dos calabouços, porque eram tomadas por morcegos e eram escuras demais, e o homem havia dito que não queria tochas iluminando aquelas áreas. Então, ela dormia todas as noites ali, no corredor que levava para a escadaria, que dava no nível acima. O homem arrumara um cantinho com palha e cobertores, além de um travesseiro de penas de ganso, que ele havia trazido de uma de suas saídas. E ali, naquele mesmo lugar, a garota guardava suas coisas, tudo que o homem havia lhe dado.

Alimentou o fogo da tocha com óleo e pegou sua bolsa de pano. Subiu os degraus, determinada, com uma missão a cumprir. Era dia, mas ela precisaria de iluminação para enxergar melhor no lugar em que estava indo. Havia uma grande parte das ruínas onde o sol não penetrava, porque os destroços de colunas e paredes de pedra haviam caído uns sobre as outros, de modo que sustentavam um teto parcialmente esburacado. Em algumas partes, os raios de luz transpassavam os buracos e geravam uma fraca iluminação, mas em outras áreas era sempre escuro.

Ela não sabia que parte da fortaleza era aquela. Ouvira muitas histórias sobre castelos, e seu tio descrevera a fortaleza do duque, pois trabalhava em sua guarda. Ainda assim, tudo que ela podia fazer era imaginar. Ali, nas ruínas, não saberia dizer a diferença entre um salão e uma suíte; todas as casas que ela conhecia eram as do seu vilarejo, e eram todas parecidas: simples e pequenas.

De qualquer forma, fora ali, naquela confusão de destroços, que Vika encontrara os primeiros livros.

Na verdade, o que restara deles.

Ela achara alguns soterrados em uma confusão de pedrinhas, madeira podre e vegetação que crescia com pequenas flores selvagens. Como aprendiz de herbalista, Vika sabia que aquelas plantas só conseguiam nascer ali porque provavelmente eram nutridas pela água da chuva, que pingava dos buracos no teto e umedeciam o solo, e porque, nos dias mais quentes, era possível que o sol alcançasse aquele lugar por entre as frestas das paredes semidestruídas. Vika estava procurando por diferentes tipos de plantas quando encontrou o primeiro livro, por acaso. A capa de couro estava bastante danificada pela umidade e pelo desgaste do tempo e só se mantinha no lugar porque de fato era de qualidade. Dentro dele, a maior parte das páginas estava estragada, não era possível entender as linhas borradas. Seu pai era um dos poucos do vilarejo que sabia ler e escrever, e Vika havia aprendido com ele, então conseguiu identificar algumas palavras que sugeriam que aquele livro era um compilado de receitas. Ficou com água na boca quando leu sobre um ensopado de frango com cebolas, então abriu a bolsa de pano que o homem lhe dera e comeu um pedaço da torta de sardinha com ervilhas que ele também havia lhe entregado no dia anterior. Estava fria, mas nem por isso menos deliciosa.

Num passado não muito distante, Vika adorava quando lhe davam livros, era um dos seus presentes favoritos. Livros de histórias; livros com instruções para preparação de pomadas e poções, que seu pai utilizava para seu trabalho como herbalista; livros com mapas e informações dos condados do reino. E, é claro, o Tomo Sagrado, o principal livro da Doutrina do Eterno, que a garota tinha um exemplar velho sob o travesseiro e costumava ler sobre os anjos guerreiros. Seu tio a presenteara com alguns livros também. Usados, é claro, que as pessoas vendiam na capital, mas Vika abria um sorriso de orelha a orelha quando o tio os entregava. Agora não restava nada daqueles livros, a não ser cinzas; destruídos pelos homens que atearam fogo em seu vilarejo.

Vika sabia que o homem não gostava de revelar informações de sua vida e havia compreendido que aquele castelo provavelmente era o lar de sua família antes de ser destruído, então não podia deixar que ele soubesse que ela estava bisbilhotando suas coisas. Por isso não levava os livros consigo para o calabouço. Fazia o contrário: memorizava onde eles estavam e voltava lá todos os dias, escondida, quando o homem estava dormindo. Com a tocha acesa, posta em um suporte vertical, ela tinha a iluminação suficiente para ler. E nos dias em que estava menos preocupada, levava o livro para uma área aberta no pátio e lia lá mesmo enquanto comia alguma fruta, iluminada pelo sol.

— Iosef — ela arriscou certo dia. Havia encontrado o nome em um livro que falava sobre aves mensageiras.

— Não — ele respondeu e não tocou mais no assunto.

Daniel. Arnold. Louis.

— Não — ele sempre dizia.

E lá se foram mais três dias. E três nomes errados.

Todos os dias, Vika lia nomes em restos de livros e velinos antigos, e todos os dias escolhia um, mas errava. Aprendera muita coisa, contudo. Alguns documentos revelavam as origens de certos nomes e explicavam o porquê de serem tão diferentes. Aparentemente, Fáryon era um reino enorme, quase incompreensível para alguém que viveu sua vida toda num pequeno vilarejo onde só havia lama e casebres. A garota até podia ler, mas não entendia nada sobre etimologia. Ainda assim, assimilar não era tão difícil. No fim, parecia que famílias como Rodriguez, Garcia e Duragan vinham de uma mesma região, da mesma forma que pessoas com nomes como Antony, Mary e Amy compartilhavam suas origens em antigas cidades para lá do mar do norte, locais dos quais a garota apenas havia ouvido falar, quase como lendas. Nomes como Ardir, Jargan e Eztendur eram comuns em ilhas do leste, e assim a garota foi compreendendo que Fáryon era uma amálgama de famílias que vieram de variados lugares de um mundo muito grande e que, por algum motivo, há muito tempo, essas escolheram viver ali, naquele reino. Talvez até o tivessem formado.

Mas todo esse conhecimento não pareceu saciar a menina. Seu objetivo era descobrir o nome do morador do castelo. Em seu vigésimo segundo dia vivendo ali, Vika encontrou um tomo com uma capa macabra: uma caveira prendendo um punhal entre os dentes. Estava danificado demais para que pudesse ser lido em totalidade, mas algumas palavras ainda estavam legíveis no papel. Ela tinha que manuseá-lo com cuidado, para que as páginas não se desmantelassem por completo. Parecia um livro de família. Vika poderia tirar mil nomes dali, mas não queria esperar mil dias para encontrar o correto.

— Radov Vetterlan — ela arriscou quando o homem retornou antes do dia nascer.

Ele parecia feliz ao chegar, havia trazido uma boneca de pano para ela, mas ficou em silêncio quando ouviu o nome. Então a fitou com olhos tão sérios que Vika pensou que aquelas íris castanhas a engoliriam.

— Onde você ouviu esse nome? — ele questionou.

— Meu pai falou uma vez — ela mentiu. — Sei que era um nobre importante.

— E um maldito que vendeu a própria alma — o homem disse.

— Então... não?

— É claro que não!

Ele jogou a boneca para ela sem olhá-la nos olhos e foi para os calabouços dormir.

Vika olhou para o presente: era uma boneca bonita, do tipo que ela nunca sonharia em ganhar quando morava no vilarejo. Estava suja, mas fora bem costurada e tinha cores vivas e bonitas. Antes de ter ido parar ali, no castelo, Vika adoraria ganhar um presente daqueles. Agora, por algum motivo, não sentia vontade nenhuma de brincar com aquilo. Ainda sentia pela

O Livro dos Nomes

morte do pai. Não era mais aquela dor aguda, como uma facada na alma. Parecia mais com a dor de carregar uma rocha enorme nas costas, como se aquela sensação ruim sempre fosse empurrá-la para baixo, e ela tinha que ficar constantemente ocupando seu tempo com coisas que não a permitissem pensar nas pessoas que nunca mais veria.

Poderia fazer isso com a imaginação, fantasiar que era a mãe da boneca, inventar um mundo em que ela tinha uma família e alguém para dar e receber amor.

Em vez disso, deixou a boneca de lado e decidiu que era hora de encontrar o nome certo.

Mais uma vez, Vika esperou o homem retirar-se e retornou para os destroços no nível acima, para tirar mais um nome do livro. Como sempre, posicionou a tocha no suporte, sentou-se sobre o que sobrara de uma poltrona antiga e começou a folhear as páginas, em busca de um nome que ela julgasse apropriado ao homem.

Ela não notou os minutos passarem.

E não percebeu quando o homem chegou, silencioso.

— O que está fazendo? — disse a grave voz em tom imperioso.

Vika arregalou os olhos, fechou o livro num estrondo e olhou para trás; metade das páginas se desprenderam e caíram no chão quando ela o fechou. Reconheceu o timbre do homem, mas sua voz estava mais séria, transparecendo irritação. Nunca pensou que ele a encontraria ali, ele não saía durante o dia. Mas aquele local era tão escuro que Vika precisava da tocha para ler. Vika percebeu que o homem estava se cobrindo com um manto negro, que ele devia ter usado para se proteger do sol e chegar até aquele local coberto.

Ele se aproximou a passos lentos, e mesmo que estivesse em um local protegido do sol, continuou com o manto, provavelmente para não correr o risco de ser atingido pelos raios solares que passavam pelas frestas dos destroços e buracos no teto.

— Eu perguntei o que você está fazendo...

Ele tirou o manto quando saiu do alcance do sol, aproximando-se mais de Vika. Seus olhos miraram a mão da garota, onde estava o livro.

— Por que você tem tanto interesse em saber quem eu sou?

— Você sabe tudo sobre mim — ela rebateu. — Sabe de onde eu vim, o que aconteceu comigo. Sabe meu nome. Também quero saber mais de você.

— É melhor deixar as coisas como estão, garota. O mais importante você já sabe, não sabe? Sim, eu sei que você não é uma menininha estúpida. Você já sabe o que eu sou. O que eu *realmente sou*.

— Um vampiro — ela disse e desviou o olhar, fitando o tomo em suas mãos. — As anciãs no meu vilarejo contavam histórias sobre criatur... —

ela parou um pouco, então disse: — Sobre homens que têm sede de sangue e não podem sair ao sol. Sobre morcegos e escuridão. Sobre poderes que vão muito além do que as pessoas comuns têm. Eu nunca acreditei, pensei que eram apenas histórias que elas contavam para me assustar, para eu me comportar, porque sempre fui muito levada.

— Então por que, garota? Por que você insiste em continuar aqui comigo? Eu sou um monstro.

Vika aproximou-se do homem devagar. Ela já havia notado aquilo antes, aquele olhar melancólico no rosto magro e pálido. Mesmo quando ele sorria, o que era raro, havia um ar lúgubre em suas feições.

— Não, você não é um monstro — ela afirmou e estacou diante dele. — Os homens que atacaram meu vilarejo eram monstros. Você é um homem gentil.

— Garota... nunca entendi como você não tem medo de mim — ele se abaixou diante dela, pondo um joelho no chão. — Você ainda não viu a minha verdadeira forma, Vika. Nenhuma criança deveria ver.

Ela sorriu. Era a primeira vez que ele a chamava pelo nome.

— Não importa — ela disse. Abriu o livro e escolheu com convicção. — Não tenho medo de você, *Bernard Vetterlan* — arriscou. Tirou os olhos das páginas e o encarou.

Os lábios do homem desenharam um sorriso mínimo no rosto cansado.

— Eu sei — ele disse. — Parece que você é tão corajosa quanto impertinente. Fui um tolo em duvidar disso. Você já deu muitas provas de que não é uma garotinha comum. É madura demais para a idade. Existe algo de sabedoria em você.

— Então eu acertei? — ela perguntou, sorrindo. — O seu nome?

— Você sabe que sim — ele levantou-se e pegou a tocha.

— Então somos amigos agora.

O homem anuiu com serenidade.

— O que significa que ganhei uma nova tarefa — ela disse. — Cuidar de você.

— Cuidar de mim? — ele perguntou, entrando na brincadeira.

— Sim. É o que os amigos fazem, não é?

Ele respirou profundamente e abriu um sorriso maior.

— Sim, Vika. É o que os amigos fazem — pegou-a pela mão com delicadeza. — Vejo que gosta de livros, assim como a minha irmã. Suas similaridades com ela não acabam — soltou uma risada curta. — Venha, vou encontrar outros para você.

O Livro dos Nomes

Uma Boa Noite para Pecar

- TONY -

Era dia de partir. Tony estava aproveitando o bom tratamento no castelo, mas não desejava permanecer ali mais do que o necessário. Já estava há uma quinzena na Fortaleza das Dores, esperando que os servos do duque reunissem tudo que havia solicitado.

Utilizou o tempo para conhecer melhor seus companheiros de missão. Ezendir era, sem dúvidas, um devoto fiel, o que o tornava tedioso em algumas ocasiões. Para ele, tudo se dividia entre pecado e sagrado, e tudo era destino, escrito pelo Eterno. Assim, quase todos os assuntos terminavam em religião. Apesar disso, parecia ser um homem honesto e honrado. Tony sabia o quão influente a Igreja podia ser com aqueles cuja tendência era crer antes de ver, então relevou a devoção cega de seu novo companheiro.

Dianna, por sua vez, era divertida e conseguia equiparar-se a Tony quando o assunto era beber. E mesmo sendo uma nobre — e uma Duragan —, conquistou sua amizade sem muitas dificuldades. Colhia os frutos da riqueza dos Duragan, mas usava isso como vantagem para comprar bons equipamentos e aprender mais na arte da cavalaria. Nunca foi comum que mulheres se tornassem cavaleiras. Atualmente, era possível contar nos dedos as que estavam em atividade. Esperava-se que as mulheres se tornassem senhoras importantes por meio do casamento com algum nobre, em um matrimônio arranjado pelo pai, para fortalecer a família e unir casas de prestígio no reino.

— Minha irmã mais velha é casada com o filho do conde de Rystok, e meu pai está tentando casar a mais nova com o herdeiro do Ducado do Leste — ela disse quando Tony tocou no assunto de como ela escolheu ser uma cavaleira. — Não é o que quero para mim, mas cada um sabe de sua própria vida. Minha irmãzinha é bem bonita, está aprendendo a cantar e tocar harpa. É possível que meu pai consiga arranjar o casamento, no fim das contas.

— Acredito que nem todas as mulheres querem uma vida de princesa — Tony disse. — Mas você tem sorte, nasceu numa família nobre que valoriza a bravura e a violência.

— Sou uma cavaleira — ela o lembrou. — Ungida pelo próprio Durion Montebravo. Ergo minha espada pela justiça e pela honra. Jurei defender quem precisar, enfrentar os monstros dos mundos dos vivos e também dos mortos.

— Vejo que seu discurso também está bem afiado.

— Homens têm que ser muito bons para se tornar cavaleiros — ela disse. — E mulheres precisam ser duas vezes melhores do que esses homens, se quiserem empunhar uma espada em vez de cozinhar e servir.

— Então você está determinada a ser a melhor cavaleira, certo? A personificação da honra, da justiça e da bravura — Tony comentou em tom de brincadeira.

— Ah, claro! — ela gargalhou. — Mas admito que a primeira parte você acertou.

Naquela manhã nublada, Dianna convidou Tony para treinar com espadas de madeira em um dos pátios do castelo. Os soldados do duque pararam para assistir. Foi um espetáculo, os dois pareciam querer impressionar com movimentos mais elaborados do que o necessário, enchendo os olhos de quem os via dançar um ensaio de batalha. Tony começou o duelo sorrindo de soberba e terminou com um hematoma no braço e um nariz inchado; ela, com duas marcas roxas no abdômen e um raspão vermelho na sobrancelha direita.

Agora, à tarde, os dois estavam arrumando os preparativos da viagem juntos, enquanto Ezendir terminava suas orações em seu aposento reservado pelo duque, que havia cedido uma carroça coberta para que levassem tudo que precisavam para a missão. Era robusta, do tamanho de uma carruagem para quatro pessoas, com quatro rodas e puxada por dois cavalos.

Ainda no pátio, dentro dos muros da fortaleza, Tony decidiu fazer um inventário antes de partir. Solicitou que lhe arranjassem pergaminhos resistentes de pele de carneiro, além de tinta e penas para escrever.

— Ouvi muitas histórias sobre você — Ezendir disse, voltando de suas orações. Estava empurrando um carrinho de mão com duas grandes caixas fechadas. — Mas admito que nunca pensei que seria um homem tão organizado.

— Isso é o básico — Tony disse, fazendo anotações enquanto conferia o material na carroça. — Planejamento é a chave. É por isso que nós três conseguiremos matar um monstro que grupos de dezenas e até centenas de soldados não conseguiram.

— Está dizendo que aqueles que tentaram eliminar o vampiro falharam porque não planejaram o suficiente? — Dianna perguntou. — Não acho que seja só por isso.

— Acredito que tenham planejado. Mesmo o meu irmão, que era impulsivo, devia ter um plano em mente. O problema é que um plano nunca será bom o bastante se você não tiver os recursos necessários à disposição. Não é o nosso problema. Vejam — mostrou uma lista com nomes de ervas e plantas aos dois. Pela reação deles, notou que não conheciam metade do que estava escrito. — As ervas não eram fáceis de encontrar — Tony explicou, avaliando as plantas em vasos de terra e recipientes de vidro. — Mas eles conseguiram todas. Até que os homens do duque são eficientes. Aqui, me ajudem com essa.

Ezendir e Dianna auxiliaram a erguer caixas com provisões na carroça.

— Carne-seca, queijo, linguiças, azeitonas — Tony disse, anotando tudo. — Ótimo, não quero perder tempo caçando durante a viagem. Agora peguem aquela caixa ali, com os óleos e destiladores. Farei as soluções em nossas paradas, sempre antes de dormir. Quando chegarmos ao Castelo dos Sussurros, teremos tudo que for necessário. Peguem ali, anotem — apontou para um barril. Sobre ele havia pergaminhos, penas e tinta. — Registrem tudo que estão levando.

— Tudo? — Ezendir perguntou, incomodado. — Para quê?

— Porque sou o líder desse trio e posso demandar ordens — ele disse. — E porque é importante. Precisamos saber tudo que temos à disposição. Só depois poderemos montar um plano. Descrevam o que for mais importante. Objetos de menor relevância, incluam no grupo de itens complementares.

Dianna tinha duas caixas: uma para as peças de sua armadura e suas armas, outra para mudas de roupa. Além disso, levava bolsas de pano e de couro para comportar outros pertences pessoais. O mesmo valia para Ezendir. Isso tudo não ocupava um quinto da carroça. O resto era tomado pelos objetos que Tony estava levando.

— Não quero que pensem que duvido de suas capacidades — Tony disse. — Mas...

— Mas você duvida mesmo assim — Dianna disse. — Não tem problema. Faz sentido que duvide. Você não nos conhece, e não temos a mesma fama que você.

— Iremos seguir o seu comando — Ezendir complementou.

Tony começou a ler o pergaminho que Dianna escreveu.

— Uma espada bastarda, dois punhais, uma armadura de placas de couro completa. Um arco de osso de sauros, uma aljava com quarenta flechas — trocou para a lista de Ezendir. — Uma espada longa, um punhal, um cajado de aço negro, uma besta com vinte e duas setas. Uma armadura de placas de aço completa — parou de ler e fitou os dois. — E mais outros itens complementares, é claro.

— O que há de errado com os nossos equipamentos? — Dianna quis saber, incomodada.

— Nada, se estivéssemos indo caçar um homem — Tony disse. — Eu pensei que vocês poderiam ter pelo menos uma ou outra coisa que fossem específicas contra vampiros.

— Eu trouxe — Ezendir disse. — Coloquei nos itens complementares, por isso não descrevi. Mas veja — ele foi à carroça e pegou um saco de pano. Entregou a Tony.

— Você só pode estar brincando — ele respondeu quando viu que o saco estava cheio de alho.

— Ouvi falar que faz mal aos vampiros.

— Nunca confirmei essa teoria — Tony disse. — E nunca matei um vampiro com isso. Mas podemos fazer um empadão cheio de alho e convidá-lo para jantar. Vai que ele é alérgico e morre — ironizou. Ezendir fechou o semblante, incomodado. Dianna tentou esconder um sorriso e conseguiu evitar a risada. — O que mais você tem?

Ezendir mostrou seus itens religiosos: Um colar de orações; broches de prata com o triângulo formado pelas estrelas do Eterno; um exemplar da Doutrina do Eterno.

— A figura divina espanta todos os tipos de monstruosidade — ele disse.

06 • Uma Boa Noite para Pecar

Tony desistiu de provar o contrário.

— Como vocês pretendem matar o vampiro? — perguntou.

— Arrancando a cabeça — Dianna disse.

— Perfurando o seu coração — Ezendir sugeriu.

— Ótimo, são dois métodos eficazes, mas cuidado com o seu, Ezendir — Tony advertiu. — Atravessar o coração de um vampiro pode ser letal, mas vampiros mais poderosos conseguem resistir. Perfurar o coração dele fará com que fique imobilizado, interromperá o fluxo correto do sangue, mas alguns deles podem resistir a esse tipo de ferimento. Por isso, aproveite o instante seguinte para cortar seu pescoço. O que mais vocês sabem que pode ferir vampiros?

— Fogo? — Dianna disse.

— Sim, como a qualquer outra criatura.

— O sol? — Ezendir arriscou.

— Isso! — Tony comentou. — É por isso que tenho isso aqui.

Tony pegou um saco de pele de bezerro na carroça. De dentro dele, tirou uma pequena caixa prateada. Era leve e desprovida de símbolos, cabia na palma de sua mão. Quando a pegou, parecia que carregava neve, tão fria quanto o gelo que chovia nas tempestades do rigoroso inverno do nordeste de Fáryon.

— O que tem aí? — Dianna quis saber.

— Uma pedra solar — Tony disse e mostrou a caixa como se carregasse um tesouro. — Não abra ainda, o feitiço não está pronto.

Ele entregou a caixa a Dianna, que se surpreendeu com o quão gelada era.

— Nunca ouvi falar — ela respondeu. Passou para Ezendir.

— Parece que estou segurando gelo... — ele comentou, intrigado.

— Sim, a caixa foi projetada por um alquimista que trabalhava para a Fé, na época em que eu era um Assassino Sagrado. Ganhei como recompensa numa missão. Por fora, esta caixinha é gelada, mas por dentro retém o calor da pedra, que deve ser alimentada com sol todos os dias, depois que o feitiço da carga inicial estiver terminado.

— Feitiço da carga inicial? Do que você está falando? — Dianna perguntou.

— Não precisa se preocupar, só quis demonstrar que é esse tipo de coisa que irá nos salvar quando encontrarmos a criatura. Itens específicos. A adaga de aço vermelho também. Dizem que tem efeito contra vampiros, foi forjada por um caçador de monstros, séculos atrás, antes mesmo da criação dos Assassinos Sagrados, mas não sei se isso é verdade.

— Bom, você é o profissional aqui — Dianna disse. — Era de se esperar que tivesse algumas cartas na manga.

— Ah, eu tenho — ele disse. — Entendam, é por isso que sobrevivi esse tempo todo. Sou perito com a espada, com a adaga e com o punhal. Domino o arco e a besta. A lança, o martelo de guerra. Fui treinado desde a infância pela Igreja para caçar monstros. Mas já conheci espadachins melhores e mais fortes do que eu. Já conheci lanceiros mais habilidosos e arqueiros mais precisos. Não foi conhecer tudo sobre uma única coisa que me permitiu permanecer vivo, mas saber um bocado sobre várias. Sei um pouco de tudo de que preciso para ficar vivo, e o principal: sei a importância de usar a ferramenta certa para o trabalho certo.

— Não se deve tentar cortar lenha com um machado de guerra — Dianna disse. — Só irá tirar o fio da lâmina, meu pai dizia. Era o jeito dele de dizer que cada coisa foi feita para uma função.

— Parece que seu pai sabia uma coisa e outra — Tony admitiu. — Digam-me: sabem alguma coisa de magia e feitiços?

— Nasci abençoada pelo vento — Dianna disse com um sorriso cheio de si. — Ouço sua voz desde que era criança.

— Você o domina?

— Não — ela admitiu. — O vento não é meu para dominar. Mas eu o ouço, e ele vem até mim, se eu me concentrar.

— Suponho que você saiba usar isso a seu favor na hora de lutar.

— Ah, não tenha dúvidas — ela disse, e Tony podia jurar que, naquele momento, o vento soprou um pouco mais forte e fez os longos cabelos castanhos dela esvoaçarem.

— Ótimo — ele disse satisfeito. — Ezendir?

— Queiram me desculpar, mas não há magia e feitiços — o devoto disse. — Apenas milagres, as magias divinas, que o Eterno nos permite realizar. Você pode não saber, Dianna, mas esse dom, que você chama de magia do vento, é um milagre.

— Então eu sou uma santa? — ela indagou com um tom de voz que sugeria uma brincadeira.

Ezendir pensou um pouco.

— Não é exatamente assim que funciona. O Eterno permite que alguns de nós desenvolvamos capacidades únicas, mas isso não é o suficiente para sermos santos. No meu caso, conheço feitiços para selar almas penadas, mas possuo outro tipo de magia. Um dom natural, porém, macabro.

— Como pode ser macabro, se foi o Eterno que lhe concedeu? — Dianna insistia em perguntas que buscavam desarmá-lo de sua fé.

— Por isso mesmo fui escolhido — Ezendir explicou. — Se essa habilidade caísse nas mãos de uma pessoa indigna, sabe-se lá o mal que poderia causar. Mas o Eterno me escolheu para usá-la para o bem. Veja — ele se aproximou de Dianna e segurou seu braço.

Ela deixou que Ezendir segurasse seu punho durante alguns segundos, até que começou a sentir o antebraço e as mãos esfriarem.

— O que está fazendo? — Dianna não conseguiu esconder que estava surpresa.

— Está começando a ficar com frio? — Ezendir perguntou.

Ela anuiu. Tony observava tudo com atenção.

— Estou absorvendo um pouco do calor da sua alma — o devoto esclareceu. Largou a mão de Dianna. — Não se preocupe, em alguns instantes o seu corpo voltará à temperatura normal. Agora, vejam.

Ezendir pegou uma das penas de escrever de Tony e a segurou com a mesma mão com que havia segurado o punho de Dianna. De repente, a pena incendiou-se.

— Muito bom — Tony murmurou. Depois, disse em voz alta: — Muito bom mesmo — sorrindo.

Agora Tony estava mais esperançoso. Séculos atrás, o mundo era um lugar em que a magia fazia parte natural da vida. Uma parcela considerável das pessoas possuía algum tipo de habilidade mágica, era a época conhecida como Era da Alta Magia. Com o passar do tempo, a presença da magia foi diminuindo, e mesmo eruditos que estudavam magia antiga demoravam muito tempo para conseguir desenvolver algum tipo de poder mágico. Contudo, ainda hoje havia alguns que nasciam com talento nato para magia e desde cedo demonstravam habilidades diferenciadas. Se treinassem e explorassem esse potencial, tornavam-se pessoas com poderes extraordinários. Tony estava satisfeito em saber que seus companheiros de missão eram possuidores de habilidades mágicas; isso com certeza faria diferença na hora do combate.

Dianna tinha afinidade com um elemento natural: o vento. Já Ezendir era possuidor de uma aptidão ainda mais rara: a absorção de calor. A esse tipo de habilidade davam diversos nomes, mas Tony estava mais acostumado a chamar de termoabsorção. Ezendir acreditava que estava absorvendo energia da alma das pessoas, mas Tony via aquele fenômeno com outros olhos. Ezendir retirava o calor de um local e transferia para outro, utilizando seu próprio poder para causar um efeito, como incendiar uma pena. Para Tony, toda magia não era vista como algo não natural, mas sim como um fenômeno raro, e um dia todas elas teriam uma explicação lógica. Tony obviamente não tinha essas explicações, mas saber que Dianna e Ezendir eram detentores de magia fez com que ele tivesse a confiança de que a missão poderia mesmo ser um sucesso sem baixas.

— E você? — Dianna disse.

Tony piscou e saiu da introspecção. Desfez seu sorriso bobo e fitou a mulher.

— Eu?

— Sim. Qual a sua magia?

Em silêncio, Tony pensou em alguma resposta. Ele não era detentor de nenhuma magia natural. Conhecia alguns feitiços e sabia aplicá-los, mas precisava de elementos externos ao seu próprio corpo e mente para conjurá-los. Sem os recursos corretos, Tony não possuía magia alguma. Isso o fez pensar no duelo com espadas de madeira que travara com Dianna naquela manhã, no pátio da fortaleza. Ela não usara sua magia do vento enquanto treinavam, e mesmo assim lutou de igual para igual com ele.

De qualquer forma, Tony desejava que tivessem mencionado aquelas habilidades desde o começo. Para vencer um jogo, era preciso saber todas as cartas das quais dispunha. E na missão que haviam aceitado, uma jogada errada significava perder a vida.

— Conheço dezenas de feitiços — ele disse em um tom de voz cheio de confiança, como se seu conhecimento fosse algo superior até mesmo às magias intrínsecas de Dianna e Ezendir. — E também sei algumas coisas de alquimia.

Os outros dois ficaram em silêncio, e Tony pôde perceber que eles estavam tentando concluir se isso era uma coisa tão boa assim.

— Bom, partiremos amanhã pela manhã — Tony trocou de assunto. — Sugiro que usem essa noite para fazer algo de que se arrependerão. Não pretendo morrer, mas uma missão como essa tem riscos, e sabemos o que nos aguarda.

Dito isso, Tony distanciou-se.

— Aonde você vai? — Ezendir quis saber.

— Me divertir na taberna — Tony respondeu. — Sei que é um homem religioso, mas hoje é um bom dia para você cometer alguns pecados, Ezendir. É bom extrapolar um pouco antes de uma missão perigosa.

— Não quero passar minha última noite antes da viagem pecando.

— Eu pretendia passar a noite lendo o bestiário da família Duragan — Dianna comentou. — Há anotações sobre vampiros nele, mas acho que você sabe mais sobre vampiros do que os homens que escreveram o livro — ela disse para Tony. — Então, o entrevistarei enquanto dividimos uma jarra dos Batius.

Olharam para Ezendir.

— Tem certeza de que não quer vir conosco? — Tony perguntou.

— Certo, mas não ficarei bêbado como das outras vezes.

— De acordo — Dianna disse e soltou uma risada.

Na madrugada, Tony e Dianna levaram Ezendir desacordado pelas ruas de pedra. De novo.

Sombras do Passado I
- Bernard -

Noroeste de Fáryon
70 anos atrás

Havia quem dissesse que os Vetterlan eram uma das famílias mais nobres do reino. Devotos ao Eterno durante gerações, a casa formava guerreiros justos, fortes e corajosos. Mas isso foi antes de o líder da família abraçar as práticas de uma seita antiga e rejeitar a Doutrina Sagrada. Agora, Radov Vetterlan era visto como um adorador de demônios, e não havia mais quem encontrasse qualquer sinal de santidade em sua casa, que perdera o apoio de todas as famílias que um dia foram suas vassalas.

Mas o abandono da religião oficial do reino não era o único motivo pelo qual os Vetterlan estavam prestes a entrar em guerra. Reunidos secretamente nos aposentos de Bernard, os três irmãos discutiam o que fazer em relação ao iminente conflito entre as famílias rivais.

— Temos que encontrar uma forma de negociar com os Nashfords — disse Theodor. Em seus vinte e um anos, era o mais novo dos irmãos. Tinha cabelos dourados levemente ondulados nas pontas, e um ar de superioridade em seus traços, do tipo que a nobreza ostentava ao abanar para os pobres do alto de suas torres. — Podemos pagar o ouro ao longo dos anos.

— A dívida não é o único problema — explicou Gustav, o irmão mais velho. Tinha feições austeras e um olhar penetrante, mas seu coração era generoso. Mesmo que ainda não tivesse chegado aos trinta e cinco, já era visto como um líder atuante de sua casa, braço direito de seu pai, o patriarca da família. — Com o nosso pai praticando uma religião obscura...

— Sim — Bernard concluiu. Sentado na poltrona de estofado de veludo, bebia um cálice de vinho. — Nosso pai e Iurif Nashford foram amigos por décadas, é por isso que nossa família conseguiu o empréstimo, anos atrás. Mas agora a dívida tornou-se apenas uma desculpa para que os Nashfords possam nos atacar. Uma guerra entre dois condes, e o duque já disse que não vai intervir. Quem vencer a guerra fica com o controle dos dois condados.

— Leonardo Duragan é um homem velho — Theodor disse. — E se ele morrer? Digo, talvez o seu filho venha a ser um duque mais justo. Nossa família sempre teve uma relação boa com os Duragan...

— Os Nashfords também — Gustav o lembrou. — É por isso que o duque não vai intervir. E se você tem alguma esperança de que o filho de Leonardo possa se tornar um bom duque, peço para que comece a baixar as expectativas. Dizem que Eduardo Duragan é um garoto perverso, cruel e inquieto.

— O Rei também se absteve — Bernard disse. — Não iremos receber o apoio de nenhuma família e os Nashfords nos atacarão com todas as suas forças. Sabemos o que aconteceu, irmãos. Aos olhos das outras famílias, nosso pai enlouqueceu após a morte de nossa mãe.

Era consenso que, desde que sua esposa faleceu, Radov Vetterlan se tornara um homem estranho. Durante muitas noites, o líder dos Vetterlan orou ao Eterno para que sua dor passasse, mas ele tinha um desejo ainda maior e impossível: que sua amada retornasse do mundo dos mortos. Suas preces não foram atendidas, e a dor de Radov transformou-se em fúria. Ele já não tinha mais vontade de ver a esposa, porque sabia que só poderia fazê-lo se morresse. No fim, o ódio pelo Eterno o fez querer permanecer vivo para sempre, para desafiá-lo com os poderes advindos de um culto obscuro. Radov encontrou a promessa de vida eterna nos tomos de um credo antigo, trazido de outros continentes, em outras eras. Os seguidores daquela doutrina sombria praticavam sua fé em segredo, fugindo dos militantes da Fé do Eterno.

Assim, certa noite, Radov Vetterlan foi ver um ancião: um feiticeiro que dizia ser sacerdote daquela religião. E aquela foi a última vez que ele saiu de seu castelo à luz do dia.

Perante a lei, a família Vetterlan deveria ser punida por isso, mas a Igreja e o rei não queriam ter que sujar as mãos. Não precisaram. Os Nashfords podiam suportar a demora de Radov Vetterlan em devolver o ouro que lhe fora emprestado, mas jamais deixariam passar impune uma ofensa ao Eterno. Iurif Nashford era um devoto extremamente fiel à Igreja, e agora ele tinha duas motivações diferentes para guerrear contra os Vetterlan: exterminar a família que lhe devia ouro e que desafiara o Eterno ao abandoná-lo.

— Era de se esperar esse tipo de coisa em nosso destino. Que tipo de família escolhe como estandarte um símbolo como aquele — Theodor apontou para a parede sobre a porta, onde repousava um escudo de guerra com a caveira dos Vetterlan talhada sobre o carvalho. Objetos decorativos como aquele se espalhavam pelo castelo.

— Eu irei falar com ele — Gustav disse. — Falarei com o nosso pai.

— Você não conseguirá mudar a cabeça dele — Bernard contrapôs. — Nosso pai se transformou num fanático.

— Acredito que ele se transformou em algo pior — Gustav murmurou, tristeza em sua voz — Mas é nossa única chance. Uma guerra agora seria um desastre. Sabemos como o nosso pai age agora. Ele recrutará todos os camponeses que trabalham em nossas terras, dirá a eles que agora são soldados e os colocará na linha de frente, para serem massacrados quando a batalha começar.

— Não — Bernard disse. — Agora que nosso pai é visto como um traidor do Eterno, ninguém o obedecerá. Por isso ele obrigará você a fazer isso por ele, irmão. Ele sabe que as pessoas o adoram.

Gustav vinha há anos elaborando planos de melhorar a vida dos servos de sua família. Como era filho mais velho, Radov havia deixado a ele a responsabilidade de administrar as terras que pertenciam aos Vetterlan. Assim, ele podia se dedicar à sua nova religião, enquanto o filho aprendia a ser o líder uma família nobre. Durante esse tempo, Gustav diminuiu a pobreza do condado e elaborou projetos de alfabetização dos camponeses. Ele era adorado pelos pobres e por boa parte da corte, mas muitos nobres criticavam suas atitudes e desejavam que as terras voltassem a ser administradas por um conde com punho mais firme, cujos interesses estavam mais alinhados aos desejos caros e egoístas da elite.

— Nosso pai deixou de ser o homem que era — Theodor disse. — Eu não o reconheço mais.

— Somos uma família — Gustav os lembrou, firme. — Eu vou convencer o nosso pai a mudar de ideia. Se lutarmos, perderemos. Ele sabe disso. Sabemos que ele não se importa com a vida dos servos e dos soldados, mas não pode ser possível que ele esteja disposto a sacrificar a família toda por causa dessa nova religião.

— Irmão — Bernard o fitou com olhos lúgubres. — Você sabe muito bem até onde as pessoas podem ir pela religião.

Os irmãos ficaram em silêncio por um longo período, introspectivos. Theodor olhava para a própria mão, coçando a palma. Gustav coçou a testa enquanto pensava, preocupado.

— Que ele adore deuses e demônios em segredo, então! — Gustav disse e se levantou. — Mas ele *precisa* recuar e declarar que nossa família segue a Doutrina Sagrada, e que o envolvimento dele com um grupo de ocultistas não passou de um grande erro, que ele reencontrou seu caminho na luz do Eterno.

— Você também não se importa com a Doutrina Sagrada — Theodor disse.

— De fato — ele confirmou. — Mas nada disso importa. E se declarar ao mundo que seguimos essa ou aquela religião salvará a vida de nossa família e de todos que dependem dela, que assim seja. E eu vou colocar isso na cabeça de nosso pai, até ele entender.

Com um olhar admirado, Bernard observou o irmão mais velho sair de seu quarto.

— Gustav não desiste — Theodor disse. — Queria ter a força dele. Você acha que ele vai conseguir convencer nosso pai?

— Sinceramente, eu não sei — Bernard bebeu o resto do vinho. Colocou o cálice vazio cuidadosamente sobre a mesa redonda. — Mas nosso irmão é o melhor homem que há. Se alguém como ele não conseguir, significa apenas uma coisa.

Os dois irmãos fitaram os olhos um do outro e pensaram ao mesmo tempo: *Estamos condenados.*

Mas nada disseram.

Houve espaço para uma troca de sorrisos tristes antes de Bernard levantar-se e ir em direção à porta.

— Aonde você vai? — Theodor perguntou.

— Ler uma história para a Ayla — Bernard disse enquanto se retirava do quarto a passos lentos e tortos, sem olhar para trás. O vinho estava fazendo efeito. — Prometi que leria um conto de aventura e magia a ela hoje à tarde.

— Pensei que nossa irmãzinha tivesse aprendido a ler anos atrás.

— Ela provavelmente lê melhor que você — Bernard brincou. — Mas ela prefere quando eu interpreto as vozes dos personagens.

— Está mimando nossa irmã.

— Estou — Bernard parou e olhou sobre os ombros. — Ela perdeu a mãe para a morte e o pai para um culto secreto, mas ela é uma criança, gosta de brincar e imaginar. Você se esqueceu de como o Gustav e eu brincávamos com você quando era criança?

Certo de que o irmão não responderia, Bernard retirou-se. Sabia que estava fugindo da responsabilidade de lidar com o pai. Gustav era apenas seis anos mais velho, mas sempre resolvia tudo e era melhor em tudo, e sempre ficava com a responsabilidade de encarar os maiores problemas.

A verdade é que, se Bernard e Theodor soubessem o que aconteceria ao irmão mais velho naquela noite, eles jamais o teriam deixado confrontar Radov Vetterlan sozinho.

E esse era o preço a se pagar pela fuga da responsabilidade: a inevitabilidade das consequências.

Ervas, Misturas e Poções
- TONY -

Se tudo tivesse saído como o planejado, o trio teria deixado Porto Alvo assim que o sol nasceu. Mas a ressaca da bebedeira da noite anterior frustrou os planos de Tony, e eles acordaram perto da hora do almoço. Agora os três desfrutavam uma última refeição na capital antes de partirem.

— Não é como se estivéssemos atrasados — ele disse quando se sentou para comer. — O vampiro está lá há décadas. Parece que não irá a lugar algum.

Tony não sabia, mas Miguel tinha mais pressa do que ele pensava. Dianna explicou.

— Uma guerra acontecerá em breve — ela disse antes de engolir um pouco de ensopado. — Miguel quer que o vampiro seja morto antes disso.

Ela manejava a colher de prata com delicadeza. Cada vez que a levava ao prato, parecia uma brisa soprando sobre a superfície de um lago; fora treinada para comer como uma nobre quando era criança, na época em que sua mãe sonhava com um futuro em que a filha se casaria com o príncipe do reino. Tony percebeu que ela estava se portando daquele jeito porque estava no castelo; lembrou-se de que na taberna ela não tinha o mesmo cuidado.

— Do que você está falando? — Tony perguntou enquanto mastigava pão preto com queijo derretido. — Uma guerra? Que família está desafiando os Duragan?

— Os malditos Ryster — ela disse. Pensou um pouco. — Embora não haja evidências disso. *Ainda.*

— Uma guerra prestes a acontecer e Miguel sequer tem certeza de quem é o inimigo?

Os Ryster eram a família governante do ducado do Oeste. Seu brasão era um corvo sobre um livro aberto; eram uma casa tão poderosa e influente quanto os Duragan.

— Há grupos de fora-da-lei sem estandartes atacando áreas em que os servos do Miguel vivem e trabalham — ela explicou. — Começaram queimando vilarejos, hoje invadem até mesmo pequenas cidades.

— Está dizendo que esses bandidos estão trabalhando para os Ryster? Por que fariam isso? Nenhuma família pode governar dois ducados. É a lei do reino. O que os Ryster ganham guerreando contra os Duragan?

— Quando os Ryster dominarem, cederão as terras para os Howits — Ezendir disse e molhou um pão no ensopado direto na tigela.

Tony franziu o cenho, confuso. Antes que pudesse perguntar, Dianna explicou.

— Os Ryster e os Howits uniram suas casas através do casamento de seus herdeiros, ano passado. E eles não têm muito apreço pela minha família. O merda do Eduardo Duragan vivia brigando com eles. Meu primo que me perdoe, mas o velho do pai dele era um idiota.

Nisso concordamos.

Tony limpou as mãos num pano e pegou uma maçã de sobremesa.

— Não tenho palavras para descrever o quanto eu detesto toda essa história de política e intrigas em famílias nobres. Sem ofensa aos presentes — olhou para Dianna e lançou um sorriso zombeteiro. — Não tenho interesse nenhum nisso. Se eles quiserem matar uns aos outros, eu até empresto meu punhal.

— São os pobres que pagam o preço — Ezendir limpou a barba branca, maculada por migalhas de pão. Bebeu um gole de cerveja. — Os fora-da--lei pilham tudo que encontram, matam todos e queimam suas casas e as plantações. Às vezes, quando encontram fazendas, descarnam os animais e levam a carne com eles, mas quando estão com pressa, apenas os abatem e os deixam lá para apodrecer.

Tony não precisou perguntar o motivo. Conhecia bem aquela estratégia. O plano era enfraquecer Miguel ao diminuir sua capacidade de transportar e estocar recursos. A morte de camponeses podia parecer algo irrelevante para a nobreza, mas qualquer administrador minimamente capaz sabia o impacto que isso poderia causar; sem os pobres para trabalhar, as colheitas estavam comprometidas e os animais que davam leite, couro e carne tornavam-se cadáveres sem utilidade. Os inimigos estavam fazendo o serviço completo, não somente matando os trabalhadores e suas famílias, mas destruindo as plantações e as fazendas.

Não é como se Miguel estivesse preocupado com justiça, Tony refletiu. *Não é vingança pela morte de seus servos. São apenas negócios. Ele precisa lidar com esses fora-da-lei antes que seja tarde demais.*

— Certo, os Ryster estão pagando esses bandidos sem estandartes para fazer o trabalho sujo — Tony deu de ombros e bebeu. — São mercenários, não um bando de desorganizados.

— São *vários* grupos de mercenários atuando separadamente — Dianna reforçou. — Porém unidos pelo mesmo contratante e guiados por um único objetivo: enfraquecer Miguel.

Tony comeu a maçã em silêncio. Sabia que não tinha como estar a par de tudo aquilo antes de se envolver com Miguel. Os ataques eram recentes e estavam acontecendo em áreas específicas da região, bem longe de onde ele morava; e Tony perdera o interesse pelos problemas do ducado há bastante tempo.

— Para piorar, há a demanda da Igreja — Dianna retomou.

— Da Igreja? — Tony perguntou, mas já suspeitava.

— A existência de monstros é uma abominação e uma afronta ao Eterno — Ezendir afirmou com o mesmo fervor de um sacerdote. — A Doutrina Sagrada exige que os duques invistam o que for necessário para matar essas criaturas.

E hoje a Igreja não tem os Assassinos Sagrados.

— A Igreja está pressionando os Duragan para exterminar o vampiro — Tony pensou em voz alta. — Eduardo Duragan morreu sem concluir a tarefa, agora a responsabilidade é de Miguel. E ele conseguiu encontrar três idiotas para concluí-la, ou morrer tentando — Tony levantou um caneco de cerveja, como em um brinde. Dianna imitou o gesto, mas Ezendir permaneceu como estava, sério.

— No condado do Oeste também havia monstros — Dianna limpou os lábios delicadamente com o guardanapo. — Lobisomens, demônios e outras criaturas abissais. Ao longo dos últimos anos, os Ryster e os Howits uniram suas forças e conseguiram lidar com o problema naquela região, e com isso ganharam o apoio da Igreja, coisa que minha família não tem, e não teremos enquanto não matarmos o famoso vampiro do Castelo dos Sussurros.

Tony pensou um pouco.

— De qualquer forma, a guerra não é problema nosso. Temos uma missão e iremos cumpri-la. Depois disso, o duque que lide com seus outros problemas.

— Bom, não posso dizer o mesmo — Dianna forjou um sorriso. — Sou uma cavaleira juramentada do ducado e uma Duragan. Tão logo completemos nossa missão, me juntarei aos soldados que serão expedidos para lidar com os mercenários.

— E eu poderei voltar à Capital da Fé — Ezendir comentou. — Serei promovido a Bispo Guerreiro quando tudo isso acabar.

Até mesmo o devoto está nessa história por motivações pessoais, Tony pensou ao se levantar, olhando para Ezendir. *Não posso culpá-lo. Tudo se resume a isso, no fim das contas. Somos humanos, usamos política, honra, religião e até mesmo amor como desculpa para justificar nosso egoísmo.*

Descansaram pouco tempo após o almoço, apenas o suficiente para fazer a digestão. Tony vestiu-se com um gibão longo e confortável, de couro leve tingido em negro e cinza, ideal para enfrentar os ventos do outono. O duque concedeu-lhe uma armadura para a missão, mas Tony não via necessidade de passar dias de viagem até o Castelo dos Sussurros numa armadura desconfortável. Desceu ao pátio antes dos outros dois e terminou de organizar os preparativos para a viagem. Escolheu por deixar a adaga de aço vermelho na cintura e guardou o punhal que havia ganhado de presente de aniversário na carroça, substituindo-a por uma espada que Miguel lhe havia concedido.

Analisou a carroça. Os dois cavalos que a puxariam eram fortes e próprios para viagem, e o brasão com o machado dourado dos Duragan pintado na madeira mostrava a serviço de quem o trio estava viajando. Quando estava terminando de arrumar as provisões, Tony olhou para o lado e viu um homem alto, desengonçado e de sorriso fácil se aproximar com um falcão em seu braço. Julden trabalhava para o duque e ficara encarregado de entregar ao trio um azul-peregrino, a mais veloz das aves mensageiras.

— Este é o Rapidão — o homem disse. Apesar de carregar o título de Mestre de Aves da Fortaleza das Dores e de já ter passado dos quarenta anos, seu sorriso bobo e sua voz tranquila davam um ar infantil ao rosto de barba rala. Tony simpatizava com ele. — Ele é o azul-peregrino mais rápido do castelo. Acompanhará vocês durante a viagem. Não deixe nada de mau acontecer ao meu amigo, Tony. Ou vai ser ver comigo — ameaçou de brincadeira e riu. — Rapidão é a ave mais amável deste castelo.

E de fato era. O falcão chegava a levantar a cabeça e fechar os olhos quando alguém o acariciava, a mais dócil das rapinas que Tony já vira. Era pequeno para um falcão, com pouco mais de meio metro de comprimento e cento e vinte centímetros de envergadura. A maioria dos azuis-peregrinos tinha penas azuis bem claras, mas Rapidão possuía uma plumagem em tom cinzento-azulado na cabeça, azul-escuro no dorso e nas asas e preto nas garras.

Aquele falcão nunca caçaria outras aves para interceptar mensagens, não era da natureza dos azuis-peregrinos. Mas era a opção mais rápida e a ave que mais facilmente obedecia a novos mestres. Tony tinha um pouco de experiência com aves mensageiras. Em seus dias de Assassino Sagrado, usara algumas vezes em missões, mas estava mais acostumado a corvos. Julden repassou as últimas instruções sobre a hora certa de tirar o capuz do falcão, os comandos sonoros e a melhor forma de direcionar a ave.

— Tudo pronto? —Dianna perguntou.

Aproximou-se de Tony. Não estava vestindo suas armaduras, que estavam guardadas na carroça. Optara por um conjunto que consistia em peças leves de couro, cobertas por uma capa num tom escuro de verde, presa por um broche dourado com o brasão dos Duragan. Os cabelos estavam presos num rabo de cavalo. Ali, à luz do sol, Tony teve certeza de que os olhos dela eram verde-amarelados. Na cintura, presa por um cinto e descansando em uma bainha, uma espada.

— Tudo — Tony respondeu e desviou o olhar quando percebeu que havia ficado tempo demais olhando para o rosto dela. Prendeu a corrente de atrelamento na garra de Rapidão e o deixou no poleiro que Julden havia instalado na carroça. — Parece que pensamos parecido. Roupas leves e confortáveis, mas armados — segurou a bainha da espada ao lado da coxa.

— Parece que sim — ela concordou. Desembainhou a espada. — Esta é Ventania — exibiu-a, admirando a própria arma.

A lâmina era muito clara, quase branca, diferente do tom prateado da maioria das espadas de aço. Envolta em couro negro com faixas douradas, a empunhadura parecia ter uma pegada firme. O pomo tinha a forma de uma cabeça de águia dourada.

— Ganhei essa espada de Durion Montebravo, como reconhecimento após uma batalha.

Tony esperou ela contar a história e se gabar, mas Dianna não fez isso.

— Estou pronto para partir.

08 • Ervas, Misturas e Poções

O som de passos pesados e aço tilintando precedeu a chegada de Ezendir. Trajava uma armadura completa, pintada em um tom cinza-claro que combinava com a barba branca e destacava sua pele negra. Esmaltado em dourado-escuro, o triângulo de estrelas do Eterno dava um ar grandioso ao conjunto de guerra, bem no centro do peitoral. Naquela armadura, Ezendir, que já era grande, parecia um verdadeiro Senhor da Guerra, enviado pelo Eterno para expurgar o mal.

— Não estão de armadura — ele constatou.

— É uma viagem de mais de quinze dias — Tony disse com tom de obviedade. — Por que usar armadura em vez de roupas mais confortáveis?

— Porque perigos podem aparecer a qualquer momento — Ezendir contrapôs.

Tony não rebateu. Alguns anos atrás, concordaria com ele. Mas agora estava cansado demais para abrir mão de uma viagem confortável.

— Faz sentido — Dianna comentou. — E com a questão dos mercenários contratados pelos Ryster...

— Iremos viajar boa parte da viagem pela estrada principal — Tony reforçou. — Esses bandidos estão viajando por trilhas em florestas e atacando nas bordas do ducado, não? Aposto que preferem ficar o mais afastado possível de grandes cidades e estradas.

— De qualquer forma, não abrirei mão da armadura — Ezendir declarou.

O devoto olhou para Dianna, que estava com a espada desembainhada. Então, desembainhou a sua também. A empunhadura prateada era coberta por tiras de couro marrom, e o pomo era circular e prateado, com um furo no meio. Em um dos lados da lâmina longa, as três estrelas do Eterno se destacavam cinzeladas no metal; não formando um triângulo, como o símbolo da Igreja, mas alinhadas uma após a outra. No outro lado da lâmina, o nome da espada: Castigo Divino.

— Dizem ter sido abençoada por Santo Eddard em pessoa — ele informou. — Trezentos anos atrás.

Tony resolveu participar. Puxou a espada da bainha.

— Esta é Espada — caçoou. Era uma arma padrão dos soldados dos Duragan: cabo preto, pomo em forma de esfera maciça, tiras douradas de pano na empunhadura. — Ganhei hoje pela manhã, das mãos de um capitão da guarda de Miguel, porque nosso contratante estava ocupado demais em reuniões com seus conselheiros para me entregar a arma pessoalmente. Afiada, e vou mantê-la assim ao longo dos dias com uma pedra de amolar. Quando chegarmos ao castelo, vou enfiá-la no vampiro. Espero que vocês façam o mesmo com as suas.

Guardou a espada. Ezendir e Dianna fizeram o mesmo.

Tony não chegou a vestir a armadura, mas optou por medidas de segurança para a viagem. Em vez de viajarem os três na carroça, um deles sempre cavalgaria sozinho com um cavalo de guerra, tomando a dianteira. Dessa forma, o trio teria um batedor, que iria à frente da carroça e ficaria responsável por averiguar o percurso, fazer o reconhecimento do terreno e identificar possíveis ameaças.

No primeiro dia, a tarefa ficou com Tony. Ele cavalgou à frente da carroça e chegou a se distanciar dois quilômetros, rondando o entorno e voltando para próximo dos amigos duas vezes naquela tarde. Aquela parte do percurso era tranquila, ficava próxima à capital e nenhum inimigo dos Duragan se aproximaria pela estrada principal.

Com o sol se pondo, o clima ficou mais frio, de modo que os três concordaram em parar quando encontrassem um lugar adequado. Acenderam as lamparinas da carroça, e Tony passou a cavalgar poucas dezenas de metros à frente, carregando uma tocha acesa. O céu estrelado e o luar ajudavam a enxergar na escuridão noturna. Fazia cerca de quatro horas que estavam viajando à noite quando decidiram parar, desviando um pouco o trajeto para um bosque próximo à estrada. Acamparam numa clareira e fizeram a fogueira. O maior erro de um viajante inexperiente seria acender uma fogueira próximo a uma estrada; entregava a localização a bandidos e qualquer tipo de gente mal-intencionada. Graças ao poder e influência dos Duragan, aquele trio não precisou se preocupar com isso. Estavam a serviço do duque, próximos demais da capital e viajavam em uma carroça com o brasão do governante do ducado.

Enquanto Dianna separava as provisões, Tony pegou o mapa que os servos de Miguel haviam lhe fornecido e repassou o cronograma com os companheiros. Na próxima noite, se mantivessem um bom ritmo e chegassem à cidade mais próxima, poderiam dormir numa estalagem.

Jantaram queijo, linguiça de porco e pão preto e beberam um pouco de chá, mas Dianna preferiu um copo de cerveja. Ela ainda reclamou por não terem trazido vinho dos Batius, já que seu primo cederia quantas garrafas eles quisessem, mas Tony argumentou que aquele vinho era bom demais e todos ficariam bêbados a viagem inteira se tivessem trazido.

Os três conversaram um pouco após a janta. Tony pegou um baralho em uma de suas bolsas e convidou os companheiros a jogarem; quem perdesse, faria a primeira parte da vigília daquela noite. Ezendir recusou-se a jogar. Era pecado participar de jogos que envolvessem apostas, mesmo que não fossem monetárias, e nada que Dianna e Tony disseram o fez mudar de ideia. O devoto afirmou não ter problema em ele ficar com a primeira parte da vigília, mas os outros dois recusaram; queriam decidir na jogatina quem ficaria com a tarefa. Dessa forma, deixaram que Ezendir dormisse a noite toda.

— Vocês têm certeza? — ele perguntou.

— Temos — Dianna disse. — Pode dormir, na próxima você faz a vigília.

— E me dá agonia ver você tendo que tirar a parte de baixo da armadura sempre que a natureza chama — Tony brincou enquanto embaralhava as cartas. Ezendir demorava algum tempo tirando a armadura sempre que precisava ir ao mato para se aliviar. — Já lhe disse, companheiro. Roupas confortáveis são a melhor opção para a viagem.

— Posso segurar minhas necessidades por horas — ele rebateu.

Não precisaram argumentar muito para que Ezendir aceitasse a oferta, ele ainda não havia se recuperado totalmente da ressaca. Desatou as fivelas das placas da armadura e começou a tirar o conjunto, para finalmente dormir como uma rocha.

Dianna e Tony jogaram o mesmo jogo que ele costumava jogar com seus amigos em casa; um terço era baseado em blefes, outro terço em sorte, e o último em uma mistura de paciência, experiência de jogo e em saber a hora certa de abandonar a rodada ou investir contra o adversário.

— Melhor de três? — ele disse com um sorriso gabado de quem sabe que vai ganhar.

— Pode ser — Dianna respondeu e mordeu uma pera.

Ela venceu as duas primeiras partidas e foi dormir rindo.

Tony fingiu não se incomodar e prometeu a Dianna e a si mesmo que venceria a revanche no dia seguinte. Pegou uma de suas ampulhetas e a virou para marcar o tempo, depois escovou os cavalos enquanto eles comiam pasto e alimentou Rapidão. Aproveitou que teria que ficar acordado e começou a ajeitar algumas coisas. Próximo à lareira, em frente a um caixote onde guardavam provisões, largou algumas de suas bolsas na carroça e pegou uma caixinha de prata, na qual guardava a pedra solar. Era uma gema alaranjada e opaca, que à primeira vista não se diferenciava muito de um topázio laranja que ainda não havia sido polido. Cabia na palma da sua mão e não parecia ter nada de especial. Deixou-a sobre uma caixa de provisões e organizou algumas tigelas, então separou alguns sacos de pano com ervas, esmagando-as com um pilão de madeira, tentando fazer o menor barulho possível para não acordar os companheiros, tarefa fácil, já que o ronco de Ezendir abafava o som ao redor.

Combinou as ervas que havia trazido de sua casa com outras que os servos de Miguel haviam lhe dado. Encheu pequenos potinhos de cerâmica com as pastas, cada um tinha uma cor diferente. Depois, pegou dois grandes odres de água, um vidro com álcool e outro com uma substância líquida avermelhada. Fez uma mistura em um receptáculo de vidro que estava vazio, derramou um pouco na caixinha de prata e colocou a pedra solar, mas não fechou a tampa. Pousou dois dedos sobre a pedra e mentalizou as palavras que havia aprendido muito tempo atrás, quando estudava feitiçaria e alquimia.

Tony sequer sabia aquele idioma, mas decorara tudo que precisava ser dito e sabia a tradução: *transforma-te; transmuta-te; melhora-te; aqueça-te; prepara-te.* Aquela era a primeira parte, e ele tinha que repetir algumas vezes. Depois, murmurou outras palavras, as quais já não se lembrava da tradução correta, mas sabia que era um encantamento para absorver energia. Aquela era uma língua estrangeira, vinda de outro continente, e Tony fora ensinado a usá-la para invocar feitiços. Quando terminou, sentiu-se cansado e desejou não ter perdido para Dianna, pois queria estar dormindo agora.

— O que está fazendo? — Dianna disse, juntando-se a Tony perto da fogueira.

Estava de cabelo solto e tinha cara de sono.

— Preparativos para a batalha — ele respondeu. — O que está fazendo acordada?

— Já está na hora — ela apontou para a ampulheta ao lado de Tony. O último grão de areia já havia caído. — E faz alguns minutos que acordei, só não levantei porque estava com preguiça.

— Não vi o tempo passar, e imagino que o ronco do nosso amigo tenha ajudado a te acordar.

— Não muito — sentou-se próxima a ele. — As pessoas roncam. Uma vez, durante um cerco, estávamos entre trezentos no meu batalhão, toda noite era uma sinfonia de roncos. Nosso corpo se acostuma, principalmente se estamos cansados.

— Bom, se formos parar para pensar, uma sinfonia de roncos é melhor do que uma orquestra de gritos agonizantes. O pior som é o que vem das vidas ceifadas em batalha.

— Na verdade, não me incomoda — Dianna disse.

Tony não esperava aquela resposta.

— É mesmo? — ele perguntou.

— Se forem os gritos dos inimigos, tanto faz. Prefiro ouvir morrer quem me quer morta do que dar a eles esse gosto. Me faz sentir viva. Me faz sentir que eu mereci viver por mais um dia.

— E você já questionou o porquê de matar certas pessoas? Sei que não há espaço para isso numa guerra. Mas, quando a batalha acaba...

— Como assim? — ela devolveu a pergunta, confusa.

— Toda vida tirada... há uma história por trás, não?

— Ah... — ela disse casualmente. — Mas não posso me importar com isso. Se eu hesitar na hora errada, quem morre sou eu.

Tony não gostou da resposta, mas não podia deixar de enxergar a verdade nela.

— Não posso discordar disso — ele apenas disse. — Me alcança aquele pote ali.

— O que é isso? — ela perguntou, entregando o pote.

— Ervas, misturas e poções.

— Coisas de magia?

— Um pouco de magia, um pouco de alquimia e um pouco de alguma outra arte que talvez ainda não tenhamos compreendido o suficiente para dar um nome — Tony disse. Pegou a mistura e adicionou folhas de uma planta rosa. — Mas não quer dizer que não possamos aplicar coisas que não entendemos totalmente.

— Onde aprendeu essas coisas?

— Você sabe que eu era um Assassino Sagrado.

— Mas duvido que eles o obrigavam a aprender tudo isso. Para eles, não existe magia, apenas milagres. Ezendir disse isso outro dia, lembra?

— Eu aprendi por interesse próprio. Procurei as pessoas certas e, algumas vezes, as erradas. E, em algumas ocasiões, as pessoas erradas eram as certas, e as certas eram as erradas.

— Isso é algum tipo de charada?

Tony riu.

— Não — ele disse, mas não explicou. — A verdade é que eu queria ser o melhor no que eu fazia.

Porque ser o melhor no que eu fazia significava continuar vivo, pensou, mas decidiu não falar.

— Então você gostava.

— Do meu trabalho?

Tony ficou um pouco em silêncio. Lembrou das matanças, do sangue das vítimas em suas mãos; às vezes de monstros, outras vezes de pessoas. Evocou em sua mente a sensação de poder cada vez que terminava uma caçada; cada vez que aprendia um feitiço; cada vez que transmutava substâncias em poções. Rememorou a fama que conquistou naquela época, o pavor que sentiam de Antony Manphel, o Assassino Sagrado mais temido da Igreja.

— Gostava — ele admitiu. — Não de tudo, mas de algumas coisas. Durante um tempo.

— Então você mudou...

— Digamos que sim. Aqui, veja.

Tony mostrou quatro potes com misturas diferentes. Algumas eram mais pastosas e claras, outras mais densas e escuras.

— Faca-verde, folhão doce, hortelã, boldo, unha-de-gato, laço-do-mato, vermelha-azeda — listou as plantas. — Tem mais de quinze tipos de plantas e raízes aqui, e isso é só uma parte do que vamos usar. Olha isso — mostrou os frascos de vidro com as substâncias que havia preparado. Pegou uma com líquido arroxeado. — A partir de amanhã, vamos beber um gole desta poção por dia.

— Para quê?

— Resistência e força — Tony explicou.

— Então vamos encher a cara com esse negócio roxo — ela disse. — Fingir que é um vinho dos Batius, mas ficaremos mais fortes em vez de bêbados — havia um tom de ironia na voz.

— Acha que estou inventando?

— Minha família tem os magísteres mais caros que o dinheiro pode contratar. Eles produzem poções, remédios e outras coisas, mas nunca algo como o que você está dizendo. Já ouvi casos de pessoas que beberam substâncias que as tornariam milagrosamente mais fortes, mas morreram por intoxicação.

— Eles não sabem os feitiços e os processos alquímicos que eu sei — Tony afirmou. — E não é como se fôssemos realmente ficar tão mais fortes assim. A poção vai preparar nossos corpos para a batalha. Teremos que tomar outras poções complementares até o dia de subirmos o morro. Você nasceu com magia em seu corpo, está duvidando que existem poções mágicas?

— Então repito: por que não tomamos o máximo possível?

— Tome menos do que o ideal e não fará efeito — ele disse. — Tome um pouco mais do que o necessário e o único resultado será uma caganeira. Tome muito mais do que precisa e você terá uma enxaqueca capaz de fazer qualquer um desejar estar morto. Mas tome a quantidade ideal... — ele guardou o frasco. — Existe uma medida certa para tudo.

— Espero que funcione — ela respondeu, um tanto cética.

— Você verá — Tony guardou as soluções e pastas preparadas de volta em bolsas de couro, deixando apenas a caixinha com a pedra laranja sobre um caixote.

— Certo, agora vá dormir, teremos longos dias pela frente.

Tony concordou com um sorriso e foi se deitar. Estava com a mente cansada após conjurar os feitiços e preparar as poções, então pensou que dormiria rápido, mas estava enganado. Com os olhos fechados, começou a lembrar de coisas que preferia deixar no passado.

A vida como um Assassino Sagrado foi satisfatória para ele por muito tempo, mas foi quando passou a questionar seus próprios atos que seu tormento começou.

Disse a si mesmo que não era culpado pelas mortes que causara. *Fui um instrumento da Igreja*, pensou, enrolado nos cobertores. *Deixei aquela vida para trás. Sou outro homem.*

Mas, nos sonhos, os rostos suplicantes e as vozes agonizantes o perturbavam.

E Tony sabia que aquelas imagens e vozes o atormentariam até seu último dia.

Histórias
- Vika -

Era fácil afastar o tédio. Vika gostava de explorar o morro em busca de plantas e raízes. Selecionava as que estava procurando e as levava para os calabouços. Bernard havia tratado de colocar mais tochas nas paredes do corredor onde Vika dormia, de modo que o local ficasse sempre bem iluminado caso ela quisesse ler. Também construiu uma estante improvisada para que a garota pudesse organizar suas coisas. Agora ela tinha mais opções de roupas, além de potes e tigelas para os alimentos, odres e jarras onde estocava a água que buscava no lago. E, é claro, era ali que guardava os livros.

Alguns estavam em pedaços, encontrados nos destroços do castelo. O conteúdo variava: receitas de diversos pratos de que Vika nunca ouvira falar; livros com números e cálculos que a garota não entendia; tomos que contavam histórias de famílias nobres, as quais Vika só conhecia por nome. Ela conseguia se entreter com aqueles, mas não por muito tempo. Felizmente, Bernard havia trazido dois livros de contos de aventura na última vez em que voltara de uma de suas saídas noturnas.

Ele apenas observou enquanto Vika lia o primeiro conto: a história de um bardo que invocava magia com seus instrumentos musicais. Terminou empolgada com o desfecho e começou a ler o segundo. Era uma história completamente diferente, mas Bernard ofereceu-se para ler em voz alta. Vika se divertiu quando ele começou a criar vozes para os personagens, fazia tempo que ela não ria daquele jeito. O conto era uma história de comédia, superação e aventura, em que um bobo da corte tornava-se um cavaleiro incomparável.

— E o reino foi salvo pelo cavaleiro sem nome, que, com sua espada mágica, bravura incontestável e piadas hilariantes, eliminou o malvado dragão ranzinza e conquistou o coração do povo. Fim — ele narrou com uma voz forjada, para dar um tom épico à história. Fechou o livro. — Sinto muito, Vika, mas não encontrei livros de princesas — voltou à sua voz normal.

— Eu gosto desses que você trouxe — ela respondeu. Os dois estavam sentados com as costas na parede, as pernas sob cobertores. — O cavaleiro sem nome viajou pelo reino todo — comentou. — Você já fez algo assim?

— Viajar pelo reino?

— Sim. Você era rico, não? Devia ter dinheiro para viajar, antes do que aconteceu à sua família.

Vika sabia algumas coisas sobre Bernard. Toda informação que ela tinha vinha de pequenos comentários que ele fazia quando a garota perguntava algo, mas ele parecia evitar pensar no passado. Bernard havia falado uma e outra coisa sobre a batalha que deixou o castelo em ruínas, assim como comentara que seu pai havia feito um pacto com uma criatura das trevas, tornando-se um vampiro, e que eventualmente ele próprio e todos os seus irmãos também haviam se transformado.

A garota lembrou-se que, em seu vilarejo, quando lhe contavam histórias de lobisomens, vampiros e demônios, ela sempre ficava assustada. Eram todas histórias inventadas, mas agora ela estava vivendo com um vampiro de verdade e ouvindo histórias reais sobre monstros, e não sentia medo algum. Concluiu que era porque estava amadurecendo e deixando de ser criança, embora tivesse apenas nove anos.

Depois do ataque ao seu vilarejo, parte da inocência infantil na alma de Vika havia sido roubada, mesmo que ela não compreendesse isso.

— Viajei poucas vezes — ele respondeu depois de um silêncio de quase um minuto. — Eu tinha a saúde frágil, estava sempre doente. Desde pequeno, bastavam alguns dias na estrada e eu ficava com tosse e, às vezes, febre. Mesmo quando cresci e me tornei um homem, minha saúde continuava fraca. Os magísteres da minha família viviam me auxiliando.

— E hoje? — Vika perguntou, olhando fixo para o rosto dele. Sua aparência estava cada vez melhor. Parecia bastante sadio e seu rosto era o do homem mais bonito que Vika já vira. — Sua saúde está melhor?

— Digamos que sim — ele respondeu e desviou o olhar. Deixou os olhos se perderem nas chamas de uma tocha na parede. — Melhor até do que eu gostaria. De qualquer forma, eu nunca saí do ducado do Norte. Gustav, por outro lado, conhecia o reino, viajou pelos quatro ducados. Ele era sadio e tinha um interesse genuíno em saber mais sobre tudo e ajudar quem fosse preciso. Havia seis condados no ducado do Norte naquela época, um pertencia à nossa família, mas estávamos longe de ter a admiração das pessoas. Tenho certeza de que as coisas teriam sido diferentes se Gustav tivesse tido a chance de assumir a liderança da família. Meu irmão teria sido um ótimo conde — ele estreitou os olhos e pensou um pouco mais. — Talvez um ótimo duque. Quem sabe um ótimo rei.

As únicas coisas de que Bernard falava sobre o passado sem que Vika precisasse perguntar era sobre seus irmãos. Ele adorava falar que o irmão mais velho era um homem justo, bravo e bondoso, e que o irmão mais novo era um ótimo músico e um romântico apaixonado por sua prometida. Mas a pessoa de quem ele mais falava era a irmãzinha: Ayla. Ele insistia que Vika se parecia com ela e que gostava de olhar para seu rosto e lembrar-se da caçula.

— Eu gostaria de viajar — Vika retomou. — Sei que muitas coisas que lemos nos livros de contos são mentira, mas meu pai dizia que aquelas histórias eram um convite a nos ensinar a ver o mundo de outra forma. Eu não sei se entendi muito bem o que ele quis dizer, mas eu adorava ler os livros que meu tio trazia da capital. Sonhava com as histórias, imaginava as praias de areia dourada e fofinha e mar azul como o céu. Mas vi o mar poucas vezes, quando acompanhava meu pai para vender nossos chás e soluções para os pescadores nas praias de pedra, e a água era sempre escura e violenta, não dava para entrar. Uma vez li uma história sobre uma princesa que viajava o mundo todo com uma comitiva real, coletando as mais belas flores, e um dia ela foi parar numa praia de água azul por engano. Eu queria ser ela. Uma vida tão perfeita que até quando cometemos um erro, acabamos encontrando um lugar maravilhoso.

— Ela queria trazer as mudas das flores para o jardim de seu castelo?

— Não — Vika disse e deitou a cabeça sobre as pernas de Bernard. — Ela era uma herbalista, assim como eu. O sonho dela era fazer o melhor perfume do mundo.

— Você gostaria de fazer isso?

— Muito. Meu pai me ensinou bem, tenho certeza de que eu conseguiria fazer um ótimo perfume. Não sei se o melhor do mundo, mas ficaria cheiroso.

09 • Histórias

— Seu pai devia amá-la muito e parece tê-la ensinado bem.

— Ele dizia que era o melhor no que fazia, porque entendia as flores, as plantas e as raízes. Raramente tínhamos todos os materiais para fazer essências que durassem muito, mas meu pai macerava as pétalas de várias flores e fazia uma solução com um aroma muito cheiroso. Ele me ensinou que os nobres pagam muito bem por perfumes, porque todos eles adoram o cheiro das flores, mas nenhum gosta de colocar a mão na terra para cultivá-las.

— Não é a primeira vez que você diz uma frase sábia de seu pai — Bernard disse, fazendo carinho nos cabelos de Vika. — Eu gostaria de tê-lo conhecido.

— Eu também gostaria disso — ela fechou os olhos e fez uma força tremenda para impedir que uma lágrima caísse. Com saudades do pai, decidiu que queria dormir, na esperança de sonhar com ele.

— Quem sabe um dia eu a leve para uma praia de águas claras, Vika. Mas mesmo a mais próxima daqui fica bem longe.

— Você deve ser rápido — ela disse. — Não existem muitas áreas nobres perto daqui, e você volta toda noite com coisas que com certeza não pertencem a camponeses.

Ele esboçou um sorriso.

— Você é esperta. Mas infelizmente não posso carregar ninguém comigo quando me locomovo rápido. Ainda assim, prometo que um dia a levarei para ver o mar de águas claras. Melhor ainda: um dia vamos percorrer o reino todo, e você poderá coletar as flores que desejar. *Você* fará o melhor perfume do mundo.

A garota gostou da ideia e ficou fantasiando em introspecção. Os dois permaneceram em silêncio durante um bom tempo, até que Bernard percebeu que Vika estava olhando fixamente para sua boca.

— Algo errado? — ele perguntou.

— Seus dentes.

— O que há com os meus dentes?

— Nada. Apenas pensei que vampiros tinham os caninos grandes. Nas histórias que me contavam, sempre tinham dentes enormes.

— Como esses? — ele aproximou seu rosto do dela e abriu a boca. Como que por mágica, os caninos começaram a crescer como duas presas afiadas. Mesmo assim, Vika percebeu que ele o fez devagar e com cautela, para não a assustar.

Ela achou engraçado e chegou a soltar uma curta risada; tinha certeza de que ele jamais lhe faria mal.

— É, como esses — ela disse.

— Posso escolher quando usá-los — os dentes voltaram ao tamanho de antes e Bernard fechou a boca. — Prefiro mantê-los do tamanho normal. Me faz pensar que ainda há algo de humano em mim.

Vika entendeu e apertou sua mão carinhosamente. Depois de mais um momento de silêncio, perguntou:

— Eu estava pensando... que tal amanhã?

— Amanhã?

— Nossa viagem — ela arriscou, sabendo que não aconteceria.

— Não posso, Vika — ele respondeu. — Vivi por muito tempo nestas ruínas, e depois que eu sair, com certeza alguém invadirá este lugar e o tomará para si. Quando voltarmos, estarão construindo outra fortaleza neste morro, e tomar este lugar de volta será mais difícil do que mantê-lo agora.

Vika pensou um pouco.

— Você é imortal, não é?

Ela percebeu que a pergunta o incomodou.

— Por que está perguntando isso, Vika?

— Porque você é um vampiro, e vampiros não morrem. Por que continuar neste lugar? Você tem todo o tempo que quiser gastar, pode conhecer o mundo todo.

— Posso viajar apenas à noite.

— De dia, com uma capa, um capuz... Talvez funcione.

— Olhando para baixo? Não irei muito longe assim. E o calor do sol nas minhas roupas ainda poderia me ferir.

— Posso ser os seus olhos — ela disse. — Eu não sou uma vampira.

Ele deixou escapar um sorriso. Talvez tivesse achado bobo o que Vika havia acabado de dizer.

— Mas acho que eu gostaria de ser — ela completou.

E o sorriso de Bernard desapareceu.

— Nunca mais fale isso.

— Por quê? — ela quis saber. — Meu pai era bom, e está morto. Se você o tivesse conhecido antes de ele morrer, poderia tê-lo transformado, não? E hoje ele estaria vivo.

— Não é uma vida como as outras, Vika.

— Eu sei que você não pode pegar sol. Sei que precisa beber sangue. Mas...

— Não é só por isso — ele a interrompeu. Estava começando a ficar visivelmente irritado. — É muito pior do que essas coisas. Eu... eu sinto que posso caminhar pelo mundo, mas não é como se eu estivesse vivo — ele tentou explicar, mas Vika não entendeu. — É como se eu fosse um fantasma de carne e osso.

09 • Histórias

— Eu só quero viver — ela disse. — E se for para ficar com você, queria que fosse para sempre.

Ele pensou um pouco antes de responder, mas seus olhos pareciam preocupados e tristes.

—Na verdade, eu nunca sequer pensei em viver — ele divagou. — Desde que me transformei no que sou hoje, simplesmente não tenho ambições. Passei meus dias saindo para me alimentar e voltando para dormir. Ocasionalmente ouço uma e outra conversa quando vou a alguma cidade, e assim sei algumas coisas sobre o que acontece no ducado. Quando alguém tenta invadir estas terras para me matar, eu me defendo. E assim tem sido durante as últimas décadas. Toda minha vida está no passado. *Estava* no passado.

Vika sentiu o homem beijar-lhe a testa. Feliz, aninhou-se mais confortavelmente em suas pernas; o sono estava chegando.

— Até que você apareceu — ele retomou, carinhoso. — Preciso pensar no que fazer daqui para frente, e que tipo de vida irei levar. E, se formos viajar um dia, precisaremos de bons cavalos. Talvez uma carroça.

Vika notou que ele desconversou o assunto da imortalidade ao falar da viagem, mas isso não a incomodou. Ambas as coisas a interessavam, e ela era jovem e Bernard jamais morreria.

Ela teria muito tempo com ele. E quando esse tempo estivesse acabando, talvez ela pudesse convencê-lo a transformá-la também.

— Você está falando sério? — ela perguntou, a voz sonolenta e esperançosa. — Iremos mesmo viajar um dia? Iremos ver um mar de águas azuis?

— Sim, Vika. Um dia viajaremos, você e eu.

— Promete?

— Prometo.

Deitada sobre as coxas de Bernard, Vika dormiu sorrindo.

Sombras do Passado II
- Bernard -

```
Noroeste de Fáryon
70 anos atrás
```

    Ajoelhado nos calabouços do castelo de sua própria família, Bernard tentava suprimir a raiva. Oferecera resistência aos guardas, mas fora imobilizado, ganhando um hematoma no rosto, um supercílio aberto e uma torção no braço. Todos os Vetterlan haviam se recusado a passar pelo ritual de transformação que Radov queria impor à família. Como último recurso, ele ordenou que prendessem seus próprios parentes, incluindo os filhos – e havia permitido o uso de violência no processo.

    Agora Bernard estava ali, com a boca amordaçada, punhos e tornozelos acorrentados à parede, os joelhos no chão frio e úmido. E assim estavam todos os treze Vetterlan que haviam sido aprisionados, distantes três metros um do outro, incluindo seu irmão mais velho, Gustav, o primeiro a ter sido aprisionado.

As tochas nas paredes geravam iluminação suficiente para que trocassem olhares agoniantes na escuridão, numa mistura de impotência, indignação e medo. Estavam presos ali há um dia, já estava ficando difícil segurar as necessidades. Beatriz e Oliver Vetterlan — tia e primo de Bernard — não aguentaram e acabaram urinando ali mesmo.

Passos se fizeram audíveis no lado de fora, até que a pesada porta de madeira rangeu ao ser aberta. Radov Vetterlan apareceu, segurando uma grande lamparina a óleo em uma mão e uma mala na outra. Vestia-se com um gibão leve todo bordô sobre uma camisa negra, os botões dourados ostentavam a caveira com a lâmina entre os dentes: o brasão da família. Era alto e esguio, com um rosto severo marcado pelas rugas de expressão próximas aos lábios, os olhos profundos e cinzentos e a calvície grisalha, dando-lhe um aspecto macabro à luz calma das tochas na parede. Andava com a postura ereta e o passo firme, como costumava ser antes de perder a esposa.

E como voltara a ser depois de ter se transformado.

Todos o observaram enquanto ele fazia os preparativos. Pendurou a lamparina na parede e organizou algumas de suas coisas. No centro da grande ala do calabouço, colocou um tapete vermelho, e sobre ele uma bela ânfora de prata. Da mala, pegou um escudo com o brasão dos Vetterlan e o colocou ao lado da ânfora. Então desenrolou um pano negro e revelou dois punhais: um tinha o cabo dourado e a lâmina prateada; outro possuía a empunhadura negra e uma lâmina vermelha, cujo pomo era uma caveira com chifres.

Aço vermelho, Bernard pensou ao ver a arma. Seu pai havia lhe contado a história daquele metal raro. Séculos atrás, uma seita de feiticeiros produziu uma pequena leva de lâminas, que ninguém nunca soube o número exato de peças, e cujo objetivo acreditava-se ser matar vampiros. Quase ninguém sabia, mas a verdade é que as armas foram criadas para fortalecer vampiros, não os matar, além de serem usadas em rituais de iniciação. Quando utilizadas em humanos, lâminas feitas daquele metal absorviam parte do sangue das vítimas e transformavam em energia vital, deixando o metal em um vermelho ainda mais escuro. Posteriormente, essa energia absorvida do sangue podia ser transferida para o corpo de um vampiro ao penetrá-lo, assim servindo para alimentá-lo e fortalecê-lo temporariamente.

Bernard sabia que seu pai era um amante do oculto e secretamente estudava seitas proibidas, mas não fazia ideia de como ele tinha posse de uma arma daquelas. Assustado, percebeu que o aço estava em um tom muito escuro de vermelho.

— Sinto que tenha que ser assim — ele disse enquanto derramava um líquido estranho sobre a arma de lâmina comum. — Mas vocês estão fugindo do inevitável — com os dois punhais em mãos, caminhou devagar até o centro da ala, pisando sobre o tapete. — É o destino de nossa família. A imortalidade.

Bernard queria praguejar, mas o pano enfiado em sua boca o impedia. Olhando ao redor com olhos enraivecidos, via que todos estavam tentando desesperadamente reclamar alguma coisa.

— Meus irmãos e minhas irmãs, meus primos e minhas primas — Radov circulou pelo calabouço, olhando para cada um deles. Parou próximo a Bernard e Gustav. — Meus filhos — parou e observou-os de cima para baixo, fitando-os nos olhos. — Aqueles que compartilham do meu sangue, os Vetterlan em que mais confio. Agora, serão agraciados com um poder sem igual — desviou o olhar e virou-se de costas, dirigindo-se para o centro da ala, onde estava a ânfora. — Se Theodor não estivesse cego por aquela mulher, não teria se atirado da torre com ela e agora estaria aqui, com vocês, pronto para alcançar a grandiosidade da vida eterna — disse a voz, pesarosa.

Bernard quis gritar, mas sua voz foi totalmente abafada pela mordaça. Debateu-se, tilintando as correntes; os grilhões deixavam marcas vermelhas em sua pele. Não queria acreditar no que acabara de ouvir. Theodor, seu irmão mais novo, havia se suicidado.

— Tirar a própria vida por medo do desconhecido? Tolice — Radov pegou o punhal e aproximou-se de Beatriz, sua irmã. — Venha, Bea, você foi minha primeira irmã. E será a primeira a se juntar a mim no poder que nos aguarda.

Bernard podia ouvir os gemidos de pavor de sua tia. As tochas não iluminavam muito bem onde ela estava, mas era possível enxergar suas pernas tremendo de pânico. Agilmente, Radov fez dois cortes no rosto de Beatriz, utilizando os dois punhais. Ela gemeu um pouco mais, mas em menos de um minuto ficou imóvel e não emitiu mais som algum. Radov voltou para o tapete vermelho e pegou a ânfora. Então, quando retornou para perto de Beatriz, mordeu-a no pescoço.

Naquele momento, todos se debateram e tentaram gritar.

— Seu sangue é delicioso, como esperado de uma Vetterlan sangue puro — ele disse. Mas, em vez de engolir, abriu a boca e deixou o sangue escorrer na ânfora. — Mordê-la é o suficiente para transformá-la, mas passar pelo ritual completo aumentará o nosso poder significativamente.

A sessão de horror continuou por longas horas; para Bernard, parecia que estava preso naquele terror pela eternidade.

O ritual parecia não ter fim, e Radov sempre seguia o mesmo processo. Depois de cortar o rosto das vítimas, elas pareciam paralisar-se, o que facilitava a mordida. Por fim, Radov proclamava palavras em um idioma desconhecido e, quando acabava, deixava a vítima caída e imóvel, tendo pequenos espasmos.

Um a um, todos passaram pelo rito.

Bernard e Gustav ficaram por último.

— Você tentou me fazer desistir desse poder, meu filho — Radov disse após sugar o sangue de seu primogênito e despejá-lo na ânfora. Limpou os lábios vermelhos com um pano, já maculado pelo sangue de seus parentes.

— Sei que estava fazendo isso pelo meu bem, mas você não compreende o verdadeiro poder. Por isso *eu* estou fazendo isso agora, pelo *seu* bem, e pelo bem da *nossa* família. Essa é a única forma de vencermos a guerra contra nossos inimigos.

Gustav parou de se mexer, sangue escorrendo de seu pescoço. Radov fez todo o processo e terminou com o cântico na língua estrangeira, enquanto Bernard sentia o coração quase implodir o peito quando viu o pai se aproximar com o punhal na mão.

— Você verá, meu filho — Radov disse, aproximando-se com as lâminas. — Até mesmo alguém com a saúde frágil como a sua se tornará um guerreiro com a força de cem homens.

Bernard tentava gritar, mas só conseguia gemer. Debateu-se quando o pai o feriu com as lâminas no rosto, o que resultou em cortes mais feios do que eram para ser.

— Não se preocupe — Radov murmurou. — Quando você se transformar, esses ferimentos cicatrizarão em poucos instantes.

Suando frio, Bernard sentiu o corpo ficar pesado, para logo depois perder de vez o controle sobre todos os membros.

— É a única forma, meu filho — Radov reafirmou.

Bernard mergulhou nos profundos olhos cinzentos do pai, procurando por um resquício de humanidade.

Não encontrou.

— Com esse poder, não há limites para nós — ele divagou, esperançoso com uma ambição macabra.

Mesmo paralisado, Bernard sentiu a dor dos caninos de Radov perfurando seu pescoço. Seu gemido de agonia poderia ser ouvido de longe – se houvesse alguém ali para ouvir. Olhou para o pai uma última vez antes de fechar os olhos, sem saber se queria mesmo voltar a abri-los.

Dia de Morte

– TONY –

Os primeiros seis dias de viagem correram como o planejado. O trio havia passado por duas pequenas cidades no trajeto, de modo que puderam dormir em estalagens nessas ocasiões — mesmo nesses casos, um deles ficava acordado do lado de fora, cuidando da carroça; não podiam correr o risco de perder todos os recursos. Tony tinha uma rotina em sua viagem. Passava o tempo conversando com seus companheiros, afiando suas lâminas com a pedra de amolar, esmagando ervas e misturando substâncias em frascos enquanto um deles guiava a carroça.

Todas as manhãs, abria a caixinha de prata e deixava a pedra solar receber a luz do sol; ela ficava o dia todo assim, e a caixinha só era fechada à noite. Quando ficavam sem assunto para discutir, Tony tirava o capuz de Rapidão, deixava a ave voar um pouco, depois a chamava de volta para a luva e a prendia no poleiro com a corrente de atrelamento. Gostava de alimentar e fazer carinho no bico do falcão.

Dia após dia, os três bebiam algumas poções que Tony havia preparado, sempre antes do almoço.

— Você fazia isso quando era um Assassino Sagrado? — Dianna perguntou, sem esconder a careta de desaprovação pelo sabor amargo da poção. Sorveu um gole de cerveja por cima, mas estava economizando, tinham levado apenas um barril para a viagem.

— Sempre — Tony confirmou. Bebia as substâncias sem se importar com o sabor, estava acostumado. — Mais da metade de uma batalha pode ser definida pelo quanto você se prepara para ela. Há outras poções para melhorar os reflexos e o fôlego, mas teremos que tomar apenas alguns dias antes da batalha. É desgastante para os nossos corpos lidar com essa grande quantidade de poções misturando-se dentro de nós.

— Já vi algo assim — ela esticou o braço para pegar um pedaço de queijo que Ezendir havia trazido. — Meu pai mandou celebrar meu aniversário de quinze anos com um torneio. Vários cavaleiros se inscreveram para os duelos. Lembro de um que entrou na arena, começou a vomitar e caiu se contorcendo no chão. Morreu antes mesmo de a luta começar. Os magísteres examinaram o corpo dele. Morto por intoxicação. O idiota havia comprado umas "poções" — Dianna fez as aspas com os dedos — de um suposto mago. Pensou que aquilo o ajudaria a vencer o torneio.

— Não vou negar, isso é comum — Tony cortou um pedaço de linguiça e colocou no pão. Mordeu e continuou a falar enquanto mastigava: — Como um magíster muito famoso um dia disse: muitas vezes, a diferença entre o remédio e o veneno é a dose. Não se preocupe, eu sei o que estou fazendo.

Naquela tarde, Dianna era a batedora. Foi com o cavalo e tomou a dianteira, enquanto Ezendir e Tony viajavam na carroça.

— Como iremos usá-la? — o devoto perguntou, segurando as rédeas dos cavalos e olhando para a pedra solar na caixinha aberta na mão de Tony.

— A pedra absorve raios solares.

— Sim, isso eu entendo.

— Vampiros são fracos contra a luz do sol.

— Eu sei — Ezendir confirmou. Bebeu um pouco de água em seu odre e passou a guiar a carroça com apenas uma mão. — Depois que você nos mostrou a primeira vez, lembrei-me de quando um Bispo Mago me contou sobre elas na Capital da Fé, anos atrás. São raras, sim. Mas, pelo que sei, uma pedra solar apenas absorve um pouco da luz do dia, que logo se extingue da gema.

— É por isso que eu fiz um feitiço no começo da nossa viagem.

— O que você fez, exatamente?

— Conjurei uma transmutação que transforma as propriedades dessa gema preciosa em um catalisador — disse, aproximou a caixinha ao rosto e observou a pedra mais de perto. — Todo dia eu deixo essa caixinha aberta, para que a pedra receba a luz do sol diretamente. Após o feitiço, ela se tornou capaz de absorver a energia solar sem dissipá-la. Em outras palavras, ela está guardando um pouco do calor do sol dentro de si. Há um limite para o quanto de energia ela consegue comportar, mas eu calculei com base no número de dias que iremos viajar. Quando estivermos próximos da batalha, ela estará em seu potencial máximo, então estaremos prontos para enfrentar o vampiro.

Ezendir deixou o odre de lado e aproximou sua mão da pedra, tocou-a de leve por apenas dois segundos, então afastou o dedo.

— Entendo — ele disse. — Já está bem quente.

— Você tentou absorver parte da energia, não é? — Tony concluiu, lembrando-se de que o devoto tinha a habilidade de termoabsorção. O companheiro apenas anuiu. — Você possui um poder e tanto, Ezendir. Mas sugiro que não tente absorver a luz dessa pedra diretamente, ou vai incinerar você de dentro para fora.

— Como essa caixinha aguenta?

— Ela foi projetada por um magíster, um alquimista e um feiticeiro. É a única coisa capaz de aguentar a pujança da luz dessa pedra. E quanto mais tempo ela absorver o calor do sol, mais letal ela será contra o vampiro. Mas, como eu disse, há um limite para o quanto ela aguenta. Se eu deixá-la absorver calor demais, a pedra explodirá e toda a luz se dissipará em um segundo.

Ezendir pensou um pouco.

— Então eu repito minha primeira pergunta. Como iremos usá-la?

— Eu acabei de lhe explicar.

— Uma espada é uma espada. Um machado é um machado — ele fitou Tony nos olhos. — Uma pedra... bem, é uma pedra.

Tony não desviou o olhar. Analisou o rosto do devoto; naquele dia, ele não havia trançado o cavanhaque em forma de tridente para baixo, mas o havia empapado com óleos, de forma que a barba apenas pendia para baixo, volumosa e brilhante, com novos fios negros misturando-se aos brancos que haviam sido pintados dias atrás.

— Eu estou pensando na melhor forma de usá-la — Tony respondeu. — Até o dia da batalha, chegarei a uma conclusão.

A verdade é que ele não sabia exatamente como a usaria. Em uma luta corpo a corpo, poderia segurá-la com a mão e esfregá-la contra a pele do vampiro, mas sacrificaria os próprios dedos ao fazer isso, queimados com o calor da pedra. Além disso, essa estratégia só daria certo se ele realmente conseguisse uma oportunidade, o que significaria que o vampiro teria que abrir uma brecha. Havia a possibilidade de simplesmente jogar a pedra no rosto do vampiro, mas era uma ideia tola que dificilmente funcionaria em uma criatura que é duas vezes mais ágil e rápida do que um ser humano comum.

11 • Dia de Morte

Pensando sobre aquilo, Tony não percebeu a tarde passar, e a noite caiu cedo; o outono trazia dias cada vez mais frios e mais curtos.

Acamparam a meio quilômetro da estrada, atrás de rochas que os protegiam de colunas de vento. A vegetação era rala, com grama à altura das canelas, e algumas árvores baixas espalhavam-se ao redor das rochas. Optaram por não fazer fogueira naquela noite, estavam distantes da cidade mais próxima e não queriam chamar a atenção, então apenas acenderam duas lamparinas a óleo. Os três estavam cansados e nenhum deles estava particularmente de bom humor naquela noite, mas todos tentavam levar a viagem da forma mais agradável possível, sem desavenças entre eles.

Tony resolveu fazer mudanças na carroça. Haviam se distanciado da capital, e agora o símbolo dos Duragan pintado na madeira do veículo podia ser tanto um escudo quanto um alvo. Se encontrassem aliados de Miguel, estariam a salvo; porém, se fossem avistados por inimigos dos Duragan, os três seriam presas fáceis para grupos maiores.

Tony pegou duas pequenas garrafas de meio litro com uma solução aquosa e esverdeada e jogou o conteúdo contra a madeira. Depois, com escovões que haviam trazido na carroça, pediu ajuda aos companheiros para esfregar. O machado de lâmina dupla dos Duragan começou a ficar borrado no veículo.

— Esse brasão era uma vantagem quando estávamos próximos da capital — ele disse a Dianna. — Mas depois do que vocês me contaram sobre os Duragan estarem perto de entrar em guerra... Não sabemos se não encontraremos inimigos no caminho. Para onde estamos indo, não podemos deixar que saibam para quem estamos trabalhando, mesmo que ainda faça parte do ducado de Miguel. E você jamais poderá dizer que é uma Duragan.

— Entendo e concordo — ela respondeu. — Minha família é famosa por torturar seus inimigos capturados, e por isso alguns nos odeiam ainda mais. Se formos pegos pelos Ryster, também vão nos torturar, só para dar o troco.

— Não gosto nada desse cenário — Tony disse. — Bom, pelo menos você não é uma torturadora.

— Realmente, não gosto muito — ela disse. — Não senti prazer quando tive que fazer.

Tony parou o que estava fazendo e a encarou.

— Você torturava pessoas?

— Faz parte do rito de passagem — ela respondeu. — Quando você se torna um soldado importante entre os Duragan, fazem você torturar alguns inimigos presos nos calabouços, para ver se tem estômago de encarar o que está por vir em grandes batalhas.

— Sinto muito que tenha sido obrigada a fazer isso — ele disse.

— Não fui obrigada — ela esclareceu.

Tony pareceu não entender.

— Eu quero fazer o meu nome, Tony — ela explicou. — Quero ser lembrada como a melhor cavaleira que esse reino já viu. O que diriam em minha família se eu recusasse fazer parte de um simples rito de passagem? Fiz o que tive que fazer, quantas vezes foram necessárias. Ganhei meu respeito. Não senti prazer naquilo, como já disse.

— Eu não conhecia esse rito. Durion Montebravo nunca torturou seus inimigos, até onde eu sei.

— Só os Duragan passam pelo rito — ela disse. — Mas temos que fazer o que for possível para sobreviver, não é? Você deve entender, pelas coisas que já fez no passado.

Tony pensou em sua própria história. Nunca havia torturado ninguém, mas fez coisas horríveis e preferiu não julgar a companheira.

— Esconda essas coisas — ele disse e apontou para os broches que Dianna usava para prender a capa em seu gibão; eram dourados e também tinham o brasão dos Duragan. Ela os guardou, substituindo por um broche com a forma de uma águia, que seu mestre Durion Montebravo havia lhe dado.

— Ainda é possível reconhecer o brasão — Ezendir comentou, olhando para a carroça.

— O removedor demora um pouco, mas amanhã pela manhã até mesmo a tinta preta terá sido removida. Não haverá resquícios do machado dourado.

Depois da janta, Dianna e Tony jogaram cartas, como era de costume, para ver quem ficaria com a primeira parte da vigília. Ezendir tirou a armadura e sentou ao lado dos dois; participava das conversas, mas não jogava.

— Você estava certa — Tony disse. Jogou uma carta sobre o caixote e esperou Dianna jogar a dela.

— Sempre — ela sorriu e jogou sua carta. — Mas sobre qual ocasião você está falando?

— Sobre as garrafas de vinho — ele sobrepujou a carta da amiga com uma de valor superior. — Você sugeriu que devíamos ter trazido mais, mas eu fui contra. Não queria que ficássemos bêbados a viagem toda. Mas já bebemos um terço do nosso barril de cerveja, e um vinho agora ajudaria a nos aquecer.

— Eu não queria dizer eu avisei. Mas... eu avisei — Dianna jogou sua carta, com um valor superior à última que Tony havia jogado, ganhando a rodada. — Assim como avisei que você nunca ganharia de mim nesse jogo.

— Eu nem me frustro mais — Tony disse e se levantou. Foi até a carroça e fez carinho no falcão. — O que você acha disso, Rapidão? — acariciou a

11 • Dia de Morte

ave na cabeça; o azul-peregrino fechou os olhos e esfregou o bico nos dedos de Tony. — É, eu sei. Ela deve estar roubando.

— Podemos comprar vinho quando pararmos na próxima cidade — Ezendir comentou.

— Sim, estou de acordo — Tony disse e voltou para perto deles.

— Então somos três — Dianna bebeu um gole de cerveja. — Mais uma? — começou a embaralhar e olhou para Tony.

— Quem sabe se o nosso amigo aqui resolver jogar conosco — Tony deu um tapa amigável nas costas de Ezendir. — É muito mais divertido com mais pessoas. O que você acha?

— Obrigado, mas vou recusar — Ezendir ainda se esforçou para sorrir respeitosamente.

— Uma só, Ezendir — Dianna tentou. — E então paramos de incomodar você.

— Já disse, jogatina é pecado. Eu não gosto.

— Certo, eu preciso falar — Tony disse. — Não me leve a mal, mas como é possível que você tenha permissão para encher a cara de vinho a ponto de não conseguir sustentar as próprias pernas, mas não para jogar cartas? Como é possível que você tenha permissão para *matar*, mas não para se divertir com seus companheiros?

Ezendir fitou Tony com desaprovação.

— Ficar bêbado também é pecado, admito — ele disse e ficou de frente para Tony. — Tenho permissão para beber, mas não para me embriagar. Todas as vezes que fiquei bêbado, perdi o controle.

— Ninguém é perfeito, Ezendir — Tony tentou convencer o companheiro. — Jogar uma partida de baralho não vai te fazer uma pessoa ruim.

— Por favor, não insista — ele respondeu. — Que tipo de servo do Eterno eu seria, se ao menos eu não tentasse cumprir as regras? Nunca alcançarei o posto de Bispo Guerreiro se eu não for um exemplo a ser seguido.

— Talvez suas ambições pessoais sejam maiores que sua devoção, afinal — Tony provocou.

— Não é o caso. Tudo o que faço é pelo Eterno. E todas as vezes que matei, fiz por um propósito. Fiz sob as ordens de meus superiores. Fiz pelo Eterno.

— Não estou julgando você, Ezendir. Estou apenas dizendo que somos humanos. Pecamos. Você acha que jogar com seus companheiros o faria mais pecador do que já é?

— Eu estaria pecando de propósito — Ezendir rebateu, sério. — Não farei isso.

— Desisto — Tony sentou-se sobre uma caixa e começou a separar ervas. — Isso é hipocrisia, se quer saber. A Igreja sabe ensinar essa matéria como poucos.

— Os bispos estavam certos sobre você — Ezendir cuspiu as palavras e distanciou-se. — Um traidor da fé.

— Merda — Dianna murmurou e bebeu um gole de cerveja. — Eu só queria jogar mais uma — olhou para Tony. — Não era para começar essa merda toda.

— O que você acha que sabe sobre mim? — Tony ignorou as palavras de Dianna e caminhou para perto de Ezendir. Passos firmes, irritado. — O que os bispos lhe contaram?

— O maior Assassino Sagrado que já viveu — Ezendir virou-se e ficou de frente para Tony mais uma vez. Tony era um pouco mais alto, mas o devoto parecia ter ombros e braços mais largos. — Inigualável em combate, furtivo e astuto como uma raposa, forte como um leão.

— Claro, eles precisam romantizar até mesmo seus assassinos.

— Sim, agora eu vejo que você não é nada do que eles contavam.

Tony tentou ignorar a ofensa.

— Fui o melhor na minha época, mas não por milagres. Já lhe disse o porquê. Sei me preparar.

— Diga-me, Tony, por que você perdeu sua fé?

— Diga-me você, Ezendir. Até onde você iria pela sua?

— Até onde precisar — ele respondeu, inexorável.

— Então consigo imaginar as *justiças* que já cometeu em nome do Eterno. Diga-me, já se perguntou se algumas das pessoas que você matou a mando da Igreja talvez pudessem ser inocentes?

— Não estou em posição de questionar ordens — Ezendir respondeu. — Sou um servo — o devoto complementou e tentou se acalmar. — Sou como você. Um acolhido da Igreja. Você e seu irmão também foram acolhidos, não? Não passavam de duas crianças órfãs, não tinham ninguém quando foram encontrados pelas sacerdotisas da fé. Eu li muito sobre você, ainda há muitos relatos sobre você na história da Igreja. Sei sua história. Como é possível que tenha parado de servir ao Eterno?

— A Igreja dissolveu a organização.

— Muitos Assassinos Sagrados continuaram servindo ao Eterno de outra forma. Tornaram-se soldados, estrategistas de guerra, até mesmo herbalistas e alquimistas. Você poderia ser tudo isso, mas afastou-se, porque sabia que, para esses ofícios, não haveria recompensas em ouro e glória — Ezendir aproximou o rosto a dois centímetros de distância do de Tony, encarando-o com olhos duros. — No fim, você sempre foi um mercenário sem honra.

Parado de frente para Ezendir, Tony conseguiu transformar sua raiva em cinismo.

11 • Dia de Morte

— Ouro, sim — Tony forçou um sorriso e distanciou-se num passo teatral, caminhando pelo acampamento. — Glória? Não, nunca. A glória é toda para Ele! — apontou para o céu noturno, nada mais que nuvens roxas numa tela negra. — Ao Eterno, sempre! É pela glória d'Ele que seus servos fazem o que fazem, não? Pecados mudam de nome quando são feitos pelo pretexto da fé. Sim, passam a se chamar tributo, devoção, obediência.

Tony distanciou-se e passou a mão no rosto. Olhou para Dianna e viu que ela estava muito incomodada com toda a situação.

— Escute, Ezendir, não quero que abra mão de sua fé. Mas não diga que fomos acolhidos da mesma forma pela Igreja. Meu irmão e eu fomos salvos pelas sacerdotisas que nos encontraram ensanguentados num vilarejo abandonado, e a elas tenho uma dívida que jamais conseguirei pagar, mas a Igreja nunca foi gentil comigo. Não sei como você foi criado na Capital da Fé, mas se você tivesse tido o mesmo tipo de *acolhimento* que eu, não estaria tão agradecido.

— Está reclamando do treinamento duro? — Ezendir quis saber. — Eu sei que o treinamento dos Assassinos Sagrados não era fácil. Algumas crianças sequer sobreviviam. Eu mesmo, depois de adulto, tive que submeter muitos jovens a treinamentos árduos no exército da Fé.

— Se alguma criança morreu devido a algum tipo de treinamento imposto por você, Ezendir, eu juro que mato você aqui e agora. Assim você poderá finalmente encontrar o Eterno pessoalmente.

Os dois encararam-se por alguns segundos, ninguém desviou o olhar. Tony esperou o devoto rebater a afronta, chegou a pensar que lutariam ali.

— Isso nunca aconteceu — Ezendir disse. — Pelo que sei, desde a época dos Assassinos Sagrados, isso jamais voltou a ocorrer. Mas não pense que não fiz os jovens recrutas sangrarem de tanto treinar. Só recebem comida depois de alcançarem o resultado esperado. São expostos ao frio, à dor. Mas isso os torna fortes. Isso os torna implacáveis.

— São apenas crianças — Tony disse. — E a Igreja as treina para serem peças descartáveis em lutas por interesses que esses jovens sequer entenderão quando se tornarem soldados. É uma devoção cega. Pensam que estão lutando pelo Eterno, mas estão apenas defendendo as vontades de uma organização que eles sequer compreendem.

— Tony, não pense que só porque *você* não compreende, os outros também não compreenderiam. E não seja tolo a ponto de criticar o treinamento. Por acaso não foi exatamente esse método que o tornou o homem que você é hoje?

— Admito que, no meu caso, o treinamento não era o maior problema — Tony disse. A voz irritada deu lugar a um tom mais amargo, de revolta contida. — Os abusos, sim — caminhou para perto de Ezendir, dessa vez com passos lentos e cansados. — Não gaste sua saliva defendendo a Igreja. Eu sei que todas as árvores podem possuir alguns frutos podres. Muitos bispos são bons, mas aqueles que trabalhavam no treinamento dos Assassinos Sagrados eram quase todos molestadores e corruptos. Você disse que acredita em milagres, não é? Então lhe digo: acho que eu também acredito. Porque até mesmo uma pequena parte das crianças criadas para se tornarem Assassinos Sagrados se tornavam pessoas melhores que os bispos e sacerdotes que nos comandavam. No fim, nós, com nossos vícios e pecados, éramos mais justos que os *santos* servos do Eterno, com suas palavras hipócritas e seus desejos reprimidos, todos liberados no escuro contra crianças obedientes.

Ezendir arregalou os olhos e ficou em silêncio. Parecia que ele queria dizer algo, mas na falta de palavras, optou por permanecer quieto.

— Você acha que todas as pessoas que eu matei eram vis? — Tony retomou. — Você não faz ideia, Ezendir. E o pior é que eu também não faço. Mas aposto que pelo menos metade das almas que ceifei foram mortas por interesses específicos da Igreja, não pelo bem comum — virou as costas para o devoto e foi em direção à carroça para pegar bacias com ervas e frascos para mistura de poções. Quando estava passando por Ezendir de novo, disse: — Você tem *certeza* de que até mesmo os monstros são totalmente malignos? Já se perguntou se o vampiro que iremos matar era uma boa pessoa antes de se tornar o que ele é hoje? Não, eu sei que você evita pensar nisso. Se pensar demais, não conseguirá fazer o trabalho. Eu sei disso, porque também afasto esse pensamento sempre que ele tenta se aproximar de mim. Fui treinado para isso, por pessoas que, por terem me salvado a vida, acharam que tinham o direito de fazer o que bem entendessem com ela. Então não me culpe por não nutrir bons sentimentos pela Igreja, Ezendir. Não tenho boas lembranças daquela gente. E espero, sinceramente, que as pessoas que você conheceu na Igreja tenham sido melhores com você do que as que fizeram parte da minha vida.

Exausto, Tony distanciou-se dos dois. Pegou seus cobertores pesados e fez sua cama perto de uma rocha que tinha quase o seu tamanho. Odiou a si mesmo naquela noite; detestava ver a si mesmo como uma vítima. Odiava falar mais do que o necessário, mas ali estava, dando sermões e colocando-se na posição de alguém digno de pena. É por isso que sempre fazia questão de manter o passado no passado.

Quanto mais escondesse as lembranças daquela época em um canto escuro de suas memórias, mais poderia seguir em frente e ter uma vida livre daqueles pesadelos.

11 • Dia de Morte

— Vou ficar com a vigília esta noite — Tony disse. Ajeitou seus potes com ervas e os frascos com líquidos. Pegou uma bacia fechada com um pó estranho e começou a misturar tudo. — Durmam. Amanhã acordaremos cedo.

Quando o dia nasceu, Tony começou a organizar as coisas na carroça. O brasão dos Duragan já havia desaparecido completamente da madeira, e os três começaram o dia de viagem cedo. Tony resolveu ser o batedor naquela manhã, queria ficar sozinho. Levou a adaga de aço vermelho e a espada, cada lâmina em um lado do quadril, e guardou seu punhal na sela do cavalo.

Ainda estava de mau humor. Deixou que a mente vagasse para o passado. Cavalgando três quilômetros à frente da carroça, parou de olhar ao redor, como deveria fazer, e só conseguiu olhar para dentro de si, de suas memórias. Imerso em raiva, lembrou-se de seu treinamento. Da dor, do sangue nas mãos esfoladas, dos ferimentos que demoravam dias para cicatrizar e, quando começavam a sarar, eram substituídos por novos machucados. Podia ver os sorrisos dos sacerdotes, ouvir seus risos.

E sentir a mão pesada que o acertava no rosto cada vez que não alcançava o resultado esperado.

Naquela manhã, Tony estava tão perdido no passado que esqueceu sua principal função.

Mitigar os perigos *antes* que eles se aproximassem demais.

Quando percebeu, viu dois homens a cavalo vindo em sua direção. Ali ainda era relva, mas as rochas que se espalhavam pelo planalto atrapalhavam a visão, e Tony não estava sendo cauteloso. Os dois estavam galopando em alta velocidade para perto de Tony, que resolveu dar meia volta com seu cavalo e partir para a floresta. Desistiu quando enxergou outro homem vindo pelas árvores, também cavalgando.

Os três o rodearam com os cavalos. Pareciam estar em boa forma física, mas trajavam armaduras com peças desencontradas, sem padrão nas placas. Um deles carregava uma clava de ferro na sela do cavalo, parte de seu cabo ficava para fora.

— Espere aí, bom homem — disse um dos sujeitos. Parecia ser o líder deles, era ruivo e tinha barba espessa, com um grande nariz pontudo. — Para onde vai com tanta pressa?

— Vocês é que parecem estar com pressa — Tony respondeu, mantendo um ar confiante e um meio sorriso. — Vieram para cima de mim tão rápido que pensei até serem fora-da-lei.

— Nós? — disse outro. O maior deles, careca e com o rosto cheio de cicatrizes, era o que tinha a clava na sela. Aproximou seu cavalo do de Tony.

— Claro que não. Só ficamos curioso quando vimos um viajante sozinho no meio da relva. Por que não está viajando pela estrada?

— As estradas são perigosas — Tony disse.

— Ah, isso explica o porquê de você estar tão equipado — comentou o outro, apontando para a espada e a adaga no quadril de Tony, e para o cabo do punhal que estava na sela. Era o único de elmo na cabeça e vestia uma cota de malha incompleta. — Precaução, não é?

— É — Tony limitou-se na resposta.

O ruivo e o homem de cota de malha desceram de seus cavalos. Tony coçou a têmpora. Em qualquer outra ocasião, tentaria espichar aquele teatro o máximo possível. Mas a noite havia sido ruim, ele estava cansado e de péssimo humor naquela manhã.

— Certo, seus lixos, eu não estou com muita paciência. Digam o que querem e sumam da minha frente.

Os três entreolharam-se, confusos. Tony percebeu que eles não esperavam aquele comportamento numa situação três contra um.

— Iríamos pegar suas coisas deixá-lo partir — o ruivo disse —, mas mudamos de ideia.

Tony puxou a espada e defendeu o golpe que vinha pelo lado esquerdo; enquanto o ruivo falava, percebeu que o careca havia puxado a clava na sela do cavalo e já estava preparando o ataque. Com a força da pancada, Tony caiu de sua montaria, estatelando-se com as costas no chão. Seu cavalo coiceou para os lados e disparou floresta adentro.

O careca desceu de seu cavalo e desferiu mais um ataque contra Tony, golpeando de cima para baixo, obrigando-o a girar para o lado, rolando pelo chão. Tony tentou não perder o ar com a queda, aproveitou o movimento do rolamento na relva e fez a espada encontrar o tornozelo do inimigo, rasgando sua bota de couro e fazendo espirrar sangue pela fresta cortada. Quando ele caiu e largou a clava, Tony rapidamente cortou sua garganta, fazendo-o gorgolejar seu próprio sangue.

Pondo-se de pé, Tony virou-se rapidamente para se defender do ataque que vinha pelas costas; o homem de cota de malha golpeara com sua espada, descrevendo um arco lateral. Tony defendeu-se com sua espada, as duas lâminas se chocaram num clangor que ressoou alto. O homem de cota de malha mediu forças com ele por não mais que um segundo, quando Tony recuou rapidamente para forçá-lo a desequilibrar-se, desviando para o lado e sacando sua adaga de aço vermelho, para, em um rápido movimento, enfiá-la no abdômen do oponente, perfurando a cota de malha, sua armadura de couro e sua barriga. A adaga entrou nas entranhas do homem e saiu mais rubra do que já era. Com as mãos no abdômen para tentar impedir o sangue de se esvair, o inimigo caiu no chão e começou a gritar, então Tony o matou, penetrando a lâmina em seu coração.

O ruivo era o único que ainda estava de pé, e agora caminhava para trás, tentando se aproximar de sua montaria. Ele olhou para as armas nas mãos de Tony com olhos arregalados.

Nunca viu uma espada de aço vermelho, Tony pensou.

— Você é um Duragan? — o ruivo perguntou, confuso.

Então Tony percebeu. Não era pela adaga que ele estava surpreso, era pela espada. Parecia uma arma comum, e de fato não tinha brasões, mas o aço de qualidade e o cabo preto com as faixas douradas revelavam as cores da casa governante do ducado; apenas soldados dos Duragan usavam espadas assim.

Tony não se deu ao trabalho de responder que não era um Duragan. O ruivo nunca acreditaria.

— Seu merda — ele virou as coisas e subiu no cavalo. — Iremos atrás de você. *Todos* nós!

Tony tentou correr para cima dele, mas sem seu cavalo a tentativa era inútil, e os cavalos dos inimigos tinham fugido para longe. Demorou cerca de dez minutos para conseguir encontrar seu próprio cavalo na floresta, e mais trinta para galopar o mais rápido possível, retornar para a estrada principal e encontrar Ezendir e Dianna na carroça, no meio do percurso.

— Temos que sair da estrada! — ele gritou assim que os viu. — Agora!

Tony galopou com seu cavalo para o leste, em direção a um bosque de cedro. Olhou para trás e viu que os companheiros o estavam seguindo. As árvores eram bem espaçadas. Seus troncos, apesar de não serem muito largos, poderiam servir para que o trio se escondesse. Dianna guiou a carroça sem dificuldades e seguiu Tony, que parou diante de um pequeno riacho, desceu do cavalo e encontrou-se com os dois.

— Encontrei batedores de um grupo de mercenários — ele disse. Afoito, foi para dentro da carroça e começou a procurar sua armadura. — Preparem-se.

— Pode ser um dos grupos que está atacando os vilarejos — Dianna disse, apreensiva. — Quantos eles são?

Em alerta total, os três se organizavam apressadamente.

— Não sei — Tony estava ajudando Dianna a afivelar a placa do peitoral. — Três batedores me encontraram. Um deles conseguiu fugir.

— E os outros dois? — Ezendir quis saber.

Tony olhou para ele e não precisou dizer nada.

— O resto do bando deve estar vindo em meu encalço. Vão vasculhar essas áreas até nos encontrar. Temos que preparar uma emboscada.

Ezendir sempre estava de armadura, então tudo o que precisou fazer foi pegar sua besta, suas setas de perfuração e sua grande espada. Depois, amarrou os três cavalos atrás da carroça e ajudou Dianna e Tony a se paramentarem.

— Eles vão chegar a qualquer momento — Tony pegou o punhal que seu amigo havia lhe dado e o colocou na bainha, junto ao cinto no quadril. Agora estava equipado com suas três lâminas: um punhal, uma espada e a adaga de aço vermelho: Lua Rubra, que um dia pertencera a seu irmão. Então pegou um grande caixote de madeira que ele ainda não havia aberto durante a viagem inteira.

— O que vamos fazer? Qual o plano? — Dianna questionou.

— Tive uma ideia enquanto cavalgava de volta. Me ajudem aqui.

Destampou o caixote com cuidado. Dentro havia alguns frascos de vidro preto, tampados com rolhas e identificados com runas estranhas. Pegou seis frascos, o que equivalia à metade do conteúdo do caixote, e tampou-o de novo. Entregou duas para cada um.

— Mais poções para tomarmos? — Ezendir perguntou.

— Não — Tony disse. — Isso aqui é inflamável. Me ajudem a esvaziar algumas caixas, vamos colocar algumas na estrada, junto com alguns mantimentos e outras coisas que podemos descartar.

— Então vamos criar uma distração...

— Mais do que isso — Tony respondeu. — Vamos despejar esses líquidos nessas caixas, junto com esse pó aqui — mostrou um saquinho com um pó cinza-escuro. — Misture bem sobre as frutas e verduras. Eles vão pensar que as caixas com os alimentos caíram da carroça quando tentamos fugir para o bosque. Vamos pegar o barril com cerveja também. Eles virão de onde eu vim — apontou para o noroeste. — Então vamos esperar aqui, atrás dessas árvores e longe da carroça, pelo menos uns quarenta metros à frente dela, para não correr o risco de levar a luta para lá e acabar danificando nossas coisas.

Os três se distanciaram da carroça e fizeram o planejado. Separaram algumas caixas de madeira e as colocaram no meio da estrada. Então pegaram o barril de cerveja, que ainda estava dois terços cheio, e o esconderam atrás de uma árvore, de modo que os inimigos não conseguiriam enxergá-lo, considerando que eles viessem da direção que Tony informou. Nas caixas e no barril, misturaram o pó cinza com os líquidos dos frascos que Tony havia mostrado. Então recuaram e aguardaram.

Dianna pegou seu arco de osso de sauro e manteve a aljava com as flechas nas costas. Ezendir entregou sua besta e suas setas de perfuração para Tony.

11 • Dia de Morte

— Ezendir — Tony aproximou-se do companheiro, esquecendo qualquer desavença. Entregou a ele a caixa com a pedra solar. — Sei que disse para não absorver o calor da pedra, mas acho que é a nossa única saída agora.

O devoto anuiu.

— O quanto devo absorver?

— O quanto conseguir sem incendiar a própria carne — Tony disse. — Depois, já sabe o que fazer.

Todos haviam entendido o plano. Em silêncio, os três se esconderam atrás das árvores e esperaram pelos inimigos.

E eles vieram.

Todos em cavalos, galopavam com pressa, alcançando as primeiras árvores.

— Uns vinte? — Dianna arriscou, olhando de longe.

— De vinte a trinta — Ezendir disse, ao lado dela.

— Eles devem ter visto nossa carroça lá atrás — Tony disse, escondido atrás do cedro mais próximo. — Vejam, alguns estão circundando o bosque, estão indo para a estrada. Viram as caixas...

Um grupo com cinco homens teve sua atenção fisgada pelas caixas na estrada. Os outros estavam se aproximando pelas árvores.

— Ezendir — Tony disse. — Pode começar.

Dianna e o devoto estavam atrás do mesmo cedro, que tinha um tronco mais largo. Ezendir colocou a caixinha com a pedra solar no chão, abaixou-se e tocou-a com a mão direita, deixando-a ali por cinco segundos. Aguentou até sua pele começar a queimar, e Tony pôde ver que ele estava suprimindo a dor. Ele tirou os dedos da superfície da pedra e pegou na ponta da flecha no arco de Dianna, que estava a seu lado; a ponta começou a ficar alaranjada, como em brasa ardente.

E ela disparou contra as caixas na estrada.

A flecha zuniu pelo ar e encravou na superfície de madeira, chamando a atenção dos cinco cavaleiros. Eles olharam para o bosque, de onde o ataque tinha vindo. Um segundo depois, o estrondo.

As frutas que estavam na caixa foram reduzidas a migalhas coloridas na explosão de fogo azul, que fez com que os cinco homens fossem jogados para longe em uma onda de calor sufocante. Quatro deles foram despedaçados junto de suas montarias, numa chuva de carne e ossos de pessoas e cavalos. O único que estava mais afastado da explosão conseguiu manter-se sobre o cavalo e o empinou. Assustado, não soube se deveria fugir ou investir contra Dianna, que aproveitou o momento para acertá-lo com outra flecha no olho direito.

Os outros começaram a berrar e tentar entender o que estava acontecendo, de modo que Dianna e Tony continuaram a disparar setas e flechas.

Alguns dos mercenários desceram de seus cavalos e esconderam-se atrás das árvores, outros foram atingidos e caíram, já fora de ação.

Um deles conseguiu galopar diretamente em direção à carroça, ziguezagueando pelas árvores, mas Tony acertou uma seta em sua nuca e o derrubou. Com um sinal, pediu que Ezendir repetisse o processo de termoabsorção. Ele voltou a tocar na pedra, dessa vez usando a mão esquerda, depois voltou a encostar na ponta da flecha de Dianna, que logo disparou na direção do barril.

A explosão foi potencializada pelo álcool da cerveja, que fez o fogo ter uma coloração azul-esverdeada. O tronco do cedro em que o barril estava encostado se despedaçou na base, fazendo lascas pontiagudas voarem e acertarem quem estava perto. A árvore caiu e derrubou outras duas, esmagando dois mercenários no processo. Três homens que estavam próximos do barril foram despedaçados com seus cavalos. Outro inimigo caiu de sua montaria e teve a perna quebrada pelo corpo do animal.

Os inimigos que restaram estavam tentando se organizar. Pegaram seus arcos e se esconderam atrás das árvores.

Houve um breve silêncio.

— Doze — Tony disse. — Contei. São todos os que restam.

Jogou a besta e a aljava com as setas de volta a Ezendir, que as pegou do chão, ignorando a dor das queimaduras em suas mãos.

— Vou correr até eles — Tony disse. Naquele mesmo momento, uma flecha inimiga tirou uma lasca do tronco em que Tony estava se protegendo.

— Eles terão que mirar para atirar em mim. Aproveitem a brecha.

— Ficou louco!? — Dianna gritou. — Será um alvo fácil, as árvores não estão próximas o suficiente umas das outras.

— Ela está certa. É arriscado demais — Ezendir disse.

— É — Tony concordou —, mas vai funcionar.

Tony correu, escondendo-se atrás da árvore mais próxima. Flechas e setas de besta voavam para todos os lados. Os inimigos tinham a vantagem numérica, mas Ezendir e Dianna eram mais precisos. Tony continuou correndo de tronco em tronco, esquivando de flechas no último segundo. Naquela hora, esqueceu-se de tudo. Toda a sua existência resumia-se àquele momento de sobrevivência; correr e se proteger atrás de árvores, indo de tronco em tronco, cada vez mais próximo de suas presas. Quando correu novamente para se proteger atrás de outro cedro, algo em seu instinto o fez virar para a esquerda, e num reflexo de uma fração de segundo, brandiu a adaga de seu irmão. Lua Rubra deixou um borrão escarlate no ar, em um movimento tão rápido que cortou a flecha ao meio antes que Tony pudesse ser atingido. No instante seguinte, Tony atirou-se no chão e rastejou atrás de outro cedro.

11 • Dia de Morte

Quando olhou para o lado, viu Dianna concentrada, preparando-se para o próximo disparo. Ela havia corrido para outra árvore, de modo que agora não dividia o mesmo tronco com Ezendir. Dianna estendeu a corda e obteve a envergadura necessária para o tiro; o arco de osso de sauro era resistente e, ao mesmo tempo, relativamente maleável, permitindo disparos precisos. Ali permaneceu por quase dez segundos, sem revelar seu corpo detrás do cedro. Então, em um rápido movimento, virou-se para o lado, com a flecha já preparada, e disparou, sem sequer mirar direito.

A flecha pareceu levar um furacão consigo. Envolta em um turbilhão de vento gélido, atravessou o tronco da árvore e encontrou o peito do inimigo que se protegia atrás dele, perfurando sua precária armadura de couro e fazendo-o cair cinco metros longe do chão.

Ela não estava brincando quando disse que era abençoada pelo vento, Tony pensou. Olhando ao redor brevemente, percebeu que havia poucos inimigos restantes.

— Comigo! — Tony berrou.

Ezendir e Dianna largaram o arco e a besta, sacaram suas espadas e correram para cima, protegendo-se de árvore em árvore.

Tony já estava próximo o suficiente de dois inimigos que não estavam disparando flechas porque não tinham arcos, de modo que estavam apenas se protegendo. De espadas em punho, partiram para cima de Tony, que desviou dos dois sem encostá-los, esquivando-se com ágeis saltos para o lado. Seus movimentos pareciam automáticos, como se ele já soubesse o que tinha que fazer um segundo antes de acontecer. Naquela hora, Tony sentia como se estivesse em um transe, nada podia dar errado.

Quando o inimigo virou-se para ele novamente, teve a garganta perfurada por Lua Rubra, e Tony empurrou o corpo do homem para a frente, sem se dar ao trabalho de desenterrar a lâmina de seu pescoço. Ele caiu já morto no chão, e Tony sacou sua espada. Defendeu-se do ataque do inimigo com facilidade, afastando a investida com um movimento lateral, que lhe permitiu tempo de contra-atacar de cima para baixo na diagonal; a espada ficou cravada no elmo do mercenário, mas perfurou o metal e cortou o crânio, matando-o na hora. Para terminar, Tony largou a espada e deixou o corpo do inimigo cair, então sacou seu punhal rapidamente e o atirou no homem que estava vindo para atacá-lo por trás, acertando-o no rosto e derrubando-o no chão. Caminhou para perto dele, desencravou o punhal e finalizou-o no coração.

Ali, Tony não estava protegido por nenhuma árvore, e foi quando uma flecha o acertou nas costas, e outra na panturrilha direita, penetrando as placas de couro da armadura que o duque havia lhe dado, de modo que

Tony tocou um joelho no chão. Não soube de onde elas vieram; havia sido displicente em ficar em um lugar aberto, sem se proteger nos cedros. A flecha que o acertou na perna fez um corte feio, mas apenas rasgou a carne, de modo que não penetrou a ponto de encravar-se. Tony sentiu o sangue sair pelos ferimentos e a dor aguda afligi-lo, mas recusou-se a cair. Virou-se para o lado e escondeu-se atrás do cedro mais próximo, quando outra flecha passou assoviando um presságio mortal.

Ainda havia três inimigos escondidos atrás de árvores, mas não tinham arcos e bestas, apenas espadas. Tony olhou para trás e viu que Ezendir também estava se aproximando, mas ele não era tão ágil naquela armadura pesada, e a prova disso é que havia flechas encravadas nas placas de metal. Felizmente a proteção compensava, porque a armadura parecia ter impedido a maioria dos ataques, apenas duas flechas perfuraram as placas: uma no ombro, outra no abdômen. As outras somente causaram arranhões e amassados. Ezendir correu para cima de dois mercenários e cortou-os com Castigo Divino, decapitando um e estripando a barriga de outro.

Enquanto isso, Dianna decepava o braço de seu inimigo com um corte limpo de Ventania. Ela esperou o sujeito cair e pisou em seu peito enquanto ele berrava de dor. A cavaleira parecia gostar de estar naquela posição, demonstrando superioridade em relação ao seu oponente já derrotado no chão. Mas, por um segundo, ela olhou para o lado e enxergou Tony; no instante seguinte, ela pareceu estar desconfortável por algum motivo, então finalizou o homem penetrando seu peito com Ventania.

Ezendir e Dianna se aproximaram de Tony, que se esforçou para ficar de pé.

— Você está bem? — Dianna perguntou, ofegante.

Tony quebrou a haste da flecha que o havia perfurado no peito e pediu para Ezendir puxar a outra extremidade pelas costas. Quando o devoto o fez, Tony ganiu de dor, colocou a mão sobre o buraco do ferimento para evitar o sangramento.

— Não atingiu nenhum órgão vital, acredito — ele balbuciou, mancando em direção à carroça. — Vou fazer curativo, antes que infeccione. E vocês?

Dianna não havia sido atingida. Ezendir estava com a armadura com alguns amassados e dois furos de flechas, mas ele garantiu que os ferimentos no ombro e no abdômen não eram graves, e de fato não pareciam. O bosque havia se tornado um cenário macabro: corpos de homens e cavalos explodidos em pedaços, flechas para todos os lados, cravadas nas árvores, no chão e em cadáveres.

O cheiro de sangue era quase palpável.

11 • Dia de Morte

— Precisamos enviar uma mensagem ao seu primo — Tony disse, chegando à carroça. — Precisaremos de uma escolta, nem que seja de longe. Peça para que envie pelo menos um grupo de vinte soldados. Qualquer coisa que ajude na segurança.

Ao se aproximarem mais da carroça, perceberam que ela também havia sido redecorada com flechas, que haviam sido disparadas pelos inimigos, erraram o alvo e percorreram metros para trás. Tony sentou-se no chão, escorado em uma das rodas. Ezendir rodeou mais uma vez pelo bosque, finalizando os inimigos que ainda não haviam morrido. Muitos imploraram perdão, alguns até choraram, mas Castigo Divino não os perdoou. Tony preferiu pensar que o devoto estava poupando aqueles homens de sofrimento desnecessário, ceifando suas vidas de uma vez e enviando-os diretamente ao Eterno, para responder por seus pecados.

— Tem razão, vou escrever uma carta e enviar pelo falcão — Dianna disse. — Esse grupo que enfrentamos com certeza era um dos bandos de mercenários pagos pelos desgraçados dos Ryster. Estavam há dias pilhando vilarejos e assassinando camponeses. Filhos da puta.

— Azar o deles nos encontrarem — Ezendir disse. — Tiveram o que mereceram. Que o Eterno os julgue agora.

— É bom relatar isso na carta — Tony comentou. — Fomos contratados para um tipo de serviço bem específico, que nada tinha a ver com lutar contra mercenários. Ezendir, pode me alcançar os panos que estão na carroça? Vou pegar as pomadas e as soluções. Esses desgraçados me acertaram de jeito — reclamou, pressionando o peito.

— Merda — Dianna murmurou. — Acho que não será possível enviar mensagem alguma ao Miguel.

— Por quê? — Tony perguntou.

— Parece que Rapidão não tem como ser tão rápido se estiver acorrentado no poleiro.

O falcão estava inerte, uma flecha perfurando seu pequeno peito de penas azuis acinzentadas. As correntes que o prendiam pelas garras no poleiro mantiveram seu corpo caído de cabeça para baixo, pendendo ao vento do outono naquele dia de morte.

Imortal
- Vika -

As histórias de fantasia mantinham Vika entretida, mas ela estava passando mais tempo misturando ervas do que lendo os livros que Bernard lhe dera. Agora os dois estavam sentados no chão sob os destroços do que costumava ser um salão, um nível acima dos calabouços. O dia estava cinzento, com poucos raios de sol, e ainda assim Bernard teve que se vestir com uma capa preta que cobria sua cabeça para chegar até ali, e só a tirou quando teve certeza de que a luz do dia não penetrava pelas frestas. Acenderam tochas e ficaram a manhã toda conversando enquanto Vika organizava pequenos potes e garrafas de vidro com suas misturas de plantas esmagadas e maceradas.

— Esse primeiro é um creme — ela explicou e entregou o pote a Bernard.
— O cheiro é bom.
— Pegue um pouco.

Ele passou dois dedos. Tinha um tom claro de bege e uma consistência agradável.

— Passe — ela disse, fazendo um gesto para ele espalhar no rosto. Ele passou um pouco na bochecha e espalhou. — Serve para deixar a pele mais macia.

— E os líquidos? — ele perguntou, olhando para as pequenas garrafas de vidro.

— Perfumes — ela disse. — Digo, não exatamente perfumes, porque não tenho todos os recursos para produzir um, mas digamos que é algo parecido. O cheiro é muito bom. Eu mostro — ela fez um sinal para Bernard se aproximar. Ele abaixou o rosto e deixou o nariz à beira da rolha da garrafa. Quando Vika a destampou, ele afastou a cabeça rapidamente e levou a mão ao nariz.

— Não gostou?

— Não é isso — Bernard apertou as narinas. — É que... digamos que eu sinto mais cheiro que você.

— Mais cheiro?

— Meu olfato é mais apurado que o das pessoas comuns. O cheiro está bom, Vika, juro. Só é meio forte para mim.

— Quem sabe se você passar só um pouco — ela sugeriu.

— Claro — ele pegou uma das garrafinhas e espalhou duas gotas em seu próprio pescoço. — E esse outro pote?

— É uma pomada, bem cheirosa também. Ajuda a cicatrizar ferimentos. Eu fiz para você.

— Para mim?

— Sim. Você sai à noite para roubar coisas para mim. É perigoso, pode acabar sendo pego e ferido. Fiz a pomada para ajudar.

Bernard sorriu e fez um cafuné na garota. Vika sabia que aquilo significava que ele havia ficado feliz.

— Falando nisso... — ela disse e quase desistiu de continuar. — Quando eu cheguei aqui, a primeira vez, você estava... *fraco*.

Ela achou que aquela palavra serviria. Pensou em dizer que ele estava velho e feio quando o viu pela primeira vez, mas não queria que pensasse que ela o estava ofendendo.

Bernard ficou um tempo em silêncio.

— É verdade — ele disse. — Fazia um tempo que eu não saía dos calabouços.

— E agora você está mais forte.

— Estou.

— Você tem se alimentado à noite?

— Sim.

— Você...

Vika não sabia quais palavras escolher. Como perguntaria quem ele estava matando?

— Animais — ele disse, antes que Vika perguntasse. — Tenho me alimentado do sangue de vacas, ovelhas...

— Pensei que vampiros só se alimentassem de sangue humano.

— O sangue humano nos fortalece mais e nos é mais atrativo. Para explicar melhor, responda-me: o que você prefere comer, um pedaço de pão puro, ou uma torta com legumes, porco defumado, frango picado e queijo derretido?

— A torta, é claro — ela respondeu, quase salivando.

— Exato. Para mim, beber sangue humano é como comer uma torta dessas. Já sangue de animais...

— Isso quer dizer que você sente muita vontade de beber o sangue das pessoas?

— Não se preocupe, Vika. Consigo sobreviver com o sangue dos animais.

Bernard explicou que sangue humano era uma tentação; ficar perto de pessoas já era o suficiente para ele querer mais e mais. Com o intuito de evitar matar humanos, Bernard optou por ficar recluso nos calabouços, aguentando a fome até onde conseguisse. Desde que Vika chegou ao morro, ficar na presença dela o ajudou a ter autocontrole. Agora ele saía à noite e se alimentava apenas de bichos.

— Procuro fazendas grandes, de famílias mais abastadas, a quem a perda de um animal fará menos falta — ele explicou, deitado com as costas no chão, olhando para o teto dos escombros. — Antes de retornar ao castelo, aproveito para procurar por algo que possa ser útil a você.

Vika sorriu e deitou-se ao lado dele.

— Eu estava pensando, sobre aquela história, sabe... de ser imortal.

— Já falei que não quero conversar sobre isso com você, Vika. Você é jovem demais para achar que quer algo desse tipo.

— Na verdade, não quero pedir nada. É só uma dúvida que eu tenho — Vika esperou ele repreendê-la, mas Bernard ficou em silêncio, como que esperando que ela falasse. Ela aproveitou. — Você não envelhece, mas se alguém o matar... é o fim?

A pergunta pareceu pegar Bernard de surpresa. Ele costumava ficar um instante quieto antes de responder a certos questionamentos de Vika, mas dessa vez permaneceu ainda mais tempo calado, tanto que Vika pensou que ele havia ficado irritado e não responderia.

— Eu não sei — ele finalmente respondeu. — Meu pai afirmava que sim, por isso tínhamos que ter cuidado. Vampiros não são invencíveis. Posso ser morto. Não sei se isso é tão ruim assim. Ser imortal não é tão bom como você pensa. Um dia, terei que morrer.

— Queria que meu pai fosse imortal — ela divagou. Vez e outra falava do pai. — Ele não era, e uma flecha o levou. Uma flecha não é o suficiente para matar você, é?

Ele sorriu, mas logo seus olhos ficaram tristes.

— Não, Vika, não é. E entendo a sua dor. Também perdi pessoas que eu amava.

— Um dia para de doer? — ela perguntou. — Um dia essa saudade vai embora?

— Não — ele disse pesaroso —, mas a vida oferece ocupação suficiente para nos distrair com outras coisas, se soubermos enxergar os sinais que ela nos dá e as oportunidades que nos proporciona. Ficar triste não significa que não teremos mais momentos felizes. Perder coisas não significa que não ganharemos outras. Sentir dor agora não significa que não encontraremos prazer em viver. Ainda assim, a dor está lá. Escondida, mas presente, como uma ferida que jamais cicatrizará por completo.

— Um dia você vai me fazer imortal — ela levantou, pegou um pouco do creme que havia feito com as ervas e passou no rosto dele, numa brincadeira. — Assim não precisaremos ter pressa quando formos viajar pelo mundo. Viveremos para sempre, juntos.

— Vamos — ele desconversou. — Pegue suas coisas e coloque na bolsa. Vamos voltar ao calabouço, está gélido demais aqui para você.

— Prometa que não vai esquecer disso — ela insistiu. — Eu quero ser imortal também, um dia.

Ele se abaixou e deixou um joelho no chão. Olhou fundo nos olhos de Vika.

— Quando você crescer e tiver mais conhecimento sobre como a vida funciona, deixarei que tome essa decisão.

— Jura?

— Juro.

Os dois se abraçaram, depois recolheram as coisas e apagaram as tochas. Bernard cobriu-se com a capa negra e pegou Vika no colo. Saíram dos escombros e foram em direção à escadaria que levava para os calabouços, mas algo chamou a atenção de Bernard e ele pôs Vika no chão com cuidado.

— O que foi? — ela perguntou.

Algo na expressão de Bernard fez Vika ficar assustada. Ele parecia muito preocupado, ela nunca o tinha visto assim.

— Há alguém aqui — ele disse afoito e correu para a mata que rodeava as ruínas. — Corra para os calabouços, Vika. Eu volto logo.

— Espere!

— Apenas vá!

Ela obedeceu. Desceu ao calabouço, no corredor que lhe servia de quarto. Acendeu as tochas e aguardou. Alguns minutos depois, ouviu barulho vindo de cima. Ficou aliviada quando viu que era Bernard. Ele estava arrastando o que parecia ser uma grande pedra disforme. Vika observou e percebeu que era o destroço que um dia fizera parte do teto de uma das alas do castelo. Era grande o suficiente para tapar todo o alçapão que dava na escadaria e levava aos calabouços. Bernard grunhiu de esforço ao continuar arrastando o escombro. Quando faltava apenas um pequeno pedaço para tapar toda a entrada, desceu alguns degraus e continuou de baixo, enfiando os dedos na pedra e empurrando para o lado. Quando terminou de obstruir toda a passagem, estava ofegante.

— Agora estamos protegidos — ele disse, tirando a capa que o cobria dos pés à cabeça.

Vika achava que nem mesmo dez homens juntos conseguiriam levantar aquele destroço, mas não ficou exatamente surpresa ao ver Bernard fazer aquilo, já tinha presenciado a força dele outras vezes.

— Quem está lá fora?

— Invasores. Mais um grupo que pensa que pode me matar e ficar com a recompensa que o duque prometeu. Ainda não subiram o morro. Estão na base, próximos ao lago. Acho que vão subir à tarde, ou talvez nos próximos dias. Devem estar se preparando, estudando o terreno antes de subir.

— São muitos? — ela perguntou apreensiva, esfregando as mãos.

— Não contei — Bernard passou a mão na testa, jogando os fios de cabelo para trás. — Uns quarenta, talvez cinquenta. Demorei a percebê-los. Eu devia ter sentido o cheiro deles de longe. Mas... — passou a mão no próprio rosto e no pescoço, onde havia passado o creme e o perfume de Vika.

— Desculpa — Vika disse. — Eu acabei atrapalhando. Não queria que o meu perfume te incomodas...

— Não é culpa sua — ele afirmou. — E eu gostei do perfume, do creme e da pomada. Juro.

Bernard desceu até o corredor e se aproximou de Vika. Segurou-a delicadamente pelos ombros.

— Tudo vai ficar bem.

— Você está ferido — ela disse, observando o rosto de Bernard. Sua face estava avermelhada e parecia exalar uma efêmera fumaça.

Quando andava entre as ruínas da fortaleza à luz do dia, Bernard precisava puxar o capuz da capa e andar de cabeça baixa para escapar do sol, e dava passos largos, rápidos, para se esconder sob os escombros em que passaria a tarde com Vika. Mesmo em dias cinzentos como aquele, expor-se à luz solar podia ser perigoso.

— Se eu pudesse, faria um creme mais útil a você — ela disse. — Um que o protegesse do sol. Mas nunca aprendi nada desse tipo.

— Não me machuquei tanto assim, logo irá sarar. Você está segura, é isso que importa.

— O que você vai fazer?

— Esperar até anoitecer.

— E então?

— Moverei aquele escombro e sairei daqui. Lidarei com o problema.

— Como eu posso ajudar?

— Quando eu sair, vá até a última ala do calabouço e fique lá. Não saia até eu retornar. Entendeu?

— Na última ala? — ela perguntou. — Lá onde você dorme?

— Sim, Vika. Lá onde eu durmo.

Ela não gostava daquele lugar. Era escuro demais e cheio de morcegos.

— Vika... — Bernard insistiu. — Prometa para mim que ficará lá até eu retornar.

— Prometo — ela disse.

Sabia que tinha que obedecer, não queria atrapalhar e entendia que Bernard estava fazendo aquilo para mantê-la em segurança. Os dois permaneceram ali, no corredor dos calabouços, um ao lado do outro, aguardando.

A primeira parte da espera não foi longa.

— Esse grupo é apressado — Bernard disse. — Não vão investir tempo em explorar o local. Estão subindo o morro.

— Não ouço nada.

— Sinto o cheiro do sangue deles. Estão se aproximando.

— No dia em que eu cheguei aqui, você não sentiu o cheiro do meu sangue?

— Eu estava dormindo. Fique em silêncio um pouco. Ouça...

Alguns instantes se passaram até que Vika conseguisse ouvir passos um nível acima. Os invasores já estavam caminhando entre as ruínas. Pareciam cautelosos, movendo-se devagar.

— Agora só precisamos esperar até a noite cair — Bernard disse. Parecia impaciente, como se ansiasse pelo momento.

Aquela era a segunda parte da espera; e parecia não ter fim. Vika tentou, mas não teve como se manter tranquila. O som dos passos dos homens que se aproximavam do alçapão a deixava angustiada. Vez e outra os ouvia perguntar uns aos outros se tinham visto o *monstro,* a *criatura* ou o *maldito vampiro.* Não fosse o conforto que a presença de Bernard lhe dava, Vika teria morrido de ansiedade.

O tempo parecia se arrastar em um longo dia, até que finalmente Bernard avisou que logo retornava e foi para as outras alas dos calabouços, não a que ele dormia, mas outra, que ficava numa bifurcação de corredores para a esquerda. Poucos instantes depois, retornou empunhando uma espada.

— Onde você conseguiu isso? — Vika perguntou.

— Muitos tentaram me matar — ele disse —, esta aqui pertencia a um deles. Está sem fio, mas serve para defender no começo. Depois eu apenas pego uma das espadas novas dos invasores — ele disse com naturalidade, como se fosse a coisa mais normal do mundo. Foi até Vika e lhe deu um beijo na testa. — Chegou a hora. Por favor, vá até as alas mais escuras.

— Já?

— A noite caiu.

— Como você sabe? — ela perguntou. — Não há como saber. O destroço que você colocou na frente do alçapão tapa toda a visão lá de fora.

— Meu corpo sabe — ele explicou. — Ao longo dos anos, tenho me acostumado a acordar todas as noites. É como se o meu organismo me avisasse que anoiteceu, porque é a hora que eu normalmente saio para ir atrás de alimento — ele abraçou Vika e lhe deu um cafuné. — Vá, Vika. Não irei demorar.

E ela foi. Pôde ouvir o som da rocha sendo retirada de cima do alçapão, mas não olhou para trás para ver o momento em que Bernard saiu. Assustada, agarrou seus cobertores e enrolou um de seus livros, pegou uma das tochas acesas na parede e correu em direção aos corredores mais escuros dos calabouços. Chegando lá, caminhou mais vagarosamente, pois não queria acordar os morcegos. Pôs a tocha na parede, optou pelo canto em que havia menos deles e sentou-se sobre um banco de pedra.

A última parte da espera foi a pior. Ali, sua única companhia era a angústia, a escuridão e os morcegos, e Vika se viu sem saber o que fazer. Então lembrou-se do que sempre fazia quando se via numa situação da qual desejava escapar.

— Por favor, Eterno, proteja o Bernard — ela murmurou de olhos fechados, as mãos juntas em oração. — Que ele volte logo e não esteja machucado.

Fazia dias que Vika não rezava, mas agora apelou ao Eterno para que tudo acabasse rápido e Bernard retornasse para ela.

— E que os homens que vieram matá-lo sejam julgados com misericórdia e perdoados quando se unirem ao Senhor, aí nos céus — ela continuou. Já estava quase terminando a prece, mas fez um adendo. — Sei que Bernard não acredita no Senhor, nem nos anjos. Mas eu... — hesitou. A necessidade fez sua fé aumentar. — Eu acredito. Eu... quero acreditar. Por favor...

12 • Imortal

Tentou ler um dos contos de fantasia para se distrair, mas não conseguiu passar da primeira linha. Então deitou no banco e esperou o tempo passar.

E os sons da morte começaram. Ela estava na ala mais profunda do calabouço e ainda assim conseguia ouvir um pouco da sinfonia macabra. Tudo aquilo poderia ser apenas sua imaginação sugerindo coisas que ela não podia ver, ou podia ser o gemido de um homem morrendo, o clangor de espadas se chocando, os passos apressados de presas tentando fugir do caçador.

E aquilo durou uma eternidade para Vika.

Até que veio o silêncio, tão sepulcral que também parecia querer durar para sempre.

Ela já não sabia há quanto tempo esperava, mas achava que havia aguardado tempo demais. Os sons da batalha já haviam cessado há muito tempo e Bernard ainda não havia retornado. Vika não conseguia mais suportar a ansiedade, então enrolou-se nas cobertas, pegou a tocha e voltou ao corredor principal devagar, pé ante pé. Ao chegar na escadaria, olhou para cima e viu que Bernard não havia retirado toda a rocha de cima do alçapão ao sair, ele havia apenas feito uma fresta, de modo que o escombro permaneceu ali o tempo todo. Vika subiu os degraus com cuidado para não fazer barulho e espiou pelo espaço que havia ficado descoberto.

Olhou para um lado e não enxergou nada além das habituais ruínas, parcialmente visíveis por causa do forte brilho das estrelas e da luz do luar. Amedrontada, engatinhou para fora e virou a cabeça para o outro lado.

Então ela viu.

O monstro.

Aquela coisa parecia Bernard, mas não o mesmo homem esguio e bonito com o qual Vika estava acostumada. Era mais alto, muito maior do que qualquer homem poderia ser, e parte de seu corpo parecia tomada por sombras, que se mesclavam à escuridão e moviam-se como fantasmas, espichando-se como uma capa em suas costas e dominando todo o chão. Ele estava a mais de vinte metros da garota, mas ela podia vê-lo com clareza, os cabelos loiros pareciam mais compridos do que o habitual.

Assim como em seu primeiro dia naquelas ruínas, Vika fez o contrário do que deveria fazer, continuou andando para a frente. Aproximando-se vagarosamente, entendeu o que ele estava fazendo. Com a fúria e a selvageria de uma fera, Bernard estava empalando um homem em uma pontuda haste de madeira encravada no chão. Vika olhou ao redor, acuada, e viu que já havia outros corpos empalados.

O medo a paralisou de vez, mas não a impediu de falar.

— Bernard... — ela balbuciou, quase chorando.

Ele virou-se para Vika. A boca exageradamente grande estava aberta, seus caninos enormes e pontudos sujos de vermelho, assim como a maior parte de seu rosto. Bernard ainda estava bebendo o sangue que escorria do cadáver empalado à sua frente quando encarou a garota. Seus olhos selvagens fitaram Vika por longos segundos. Não havia qualquer sinal de humanidade naquele semblante bestial.

Vika derramou uma lágrima silenciosa.

— Você... — ele respondeu em uma voz gutural e triste.

De repente as sombras começaram a retrair-se, recolhendo-se do chão e desaparecendo na noite. Em poucos segundos, o monstro deixou de ser monstro.

E voltou a ser Bernard.

Seus trajes estavam parcialmente rasgados, a pele cortada nos braços, no rosto e no torso. Aqueles ferimentos seriam fatais em qualquer pessoa, mas Bernard não era qualquer pessoa. Vika se aproximou do amigo e viu que os ferimentos estavam cicatrizando aos poucos diante dos seus olhos. Ele estava caído, as costas no chão.

Vika limpou as lágrimas e agachou-se ao lado dele.

— Fiquei preocupada com você — ela disse baixinho.

— Você não devia ter visto isso — Bernard virou a cabeça para ela. Era o seu rosto habitual, mas ainda havia algo em seu olhar, como uma fera reprimida e aprisionada nos olhos. — Me perdoe.

Bernard começou a se levantar, gemendo de dor pelos ferimentos.

— Vamos lá para dentro — ele disse. — Não quero que você fique vendo isso.

— Eu preciso — ela disse, olhando para todos os corpos empalados.

— Do que está falando?

— Eu quero ser imortal — ela afirmou, séria. — Precisarei fazer isso quando você me transformar. Preciso me acostumar.

— Vika, não... — ele disse, balançando a cabeça. Parecia muito consternado. Apontou para as hastes com os corpos. — Isso não... não quero essa vida para você.

— Você agora é meu pai — ela disse e pegou em sua mão. — Eu preciso aprender a viver como uma imortal.

Bernard a pegou no colo.

— Feche os olhos e vamos para dentro — ele insistiu. — Não quero que continue olhando para o que aconteceu aqui. Você pode até desejar ser imortal, mas não precisa ser um monstro. Eu juro que você nunca precisará passar por isso.

Vika deixou que Bernard a carregasse de volta aos calabouços. Manteve os olhos bem abertos, fitando os cadáveres na noite sob a luz do luar.

12 • Imortal

Sombras do Passado III
- Bernard -

Noroeste de Fáryon
70 anos atrás

    Trombetas de guerra anunciavam a invasão. O barulho dissonante das armaduras dos soldados invadindo os corredores era como um presságio agourento; uma sinfonia que precede o inevitável horror que está para acontecer. Todos de vermelho, preto e prateado, as cores dos Vetterlan, armando-se de espadas, lanças e escudos. Sentinelas espalhavam-se pelos adarves, munidos de bestas, carroças com pedregulhos e barris de piche.
    No alto da torre, em armadura completa e espada no quadril, Bernard observava pela janela o exército inimigo subir o morro. Os Nashfords aproximavam-se, com seus estandartes em verde e negro ostentando o arco com três flechas encordoadas para o disparo. Mas havia outro sím-

bolo destacando-se nas bandeiras que os soldados inimigos brandiam ao vento, uma insígnia mais poderosa que o brasão de qualquer família, até mesmo a do rei.

O triângulo dourado formado pelas três estrelas do Eterno era tão presente nos estandartes quanto o brasão dos Nashfords naquele mar de combatentes, prontos a invadir o morro. No centro do triângulo, a silhueta de uma espada sobre um escudo redondo: o emblema de Santo Eddard, o Santo Guerreiro, que dava força aos soldados em batalha, caso fossem justos, bravos e devotos. Flamulando sobre o fundo branco das bandeiras em pontas de alabardas, o símbolo do Eterno e de seu santo combatente anunciava a justiça divina que estava para cair sobre os infiéis.

São muitos, Bernard pensou. *Mais ainda do que imaginei. Mais do que meu pai supôs que seriam.*

A batalha ainda não havia começado, mas o terror já estava instaurado.

Era possível notá-lo no suor frio na pele do jovem soldado, perdido no meio da confusão sem saber para onde ir. Nos gritos roucos dos homens, dando ordens e incitando bravura. No tremor da terra cada vez que o exército inimigo avança um passo em direção ao castelo. Na insegurança das mulheres e crianças escondidas no subterrâneo, orando pelas vidas de seus pais, maridos e suas próprias.

O caos e o pavor estavam lá, espargidos, transbordando na ansiedade que inundava os corações daqueles que precisavam defender uma fortaleza contra o ataque de um exército dez vezes maior.

— Filho — disse a voz vinda de trás. — Não tema.

— Isso vai ser uma tragédia — Bernard olhou para o pai.

Radov Vetterlan estava parado diante da porta. Sua armadura de placas pesadas o protegia por inteiro, a longa espada pendia na bainha no quadril; no outro lado da cintura, o punhal de aço vermelho, o mesmo usado no ritual de noites atrás. A caveira com a lâmina entre os dentes reluzia em prateado no centro do peitoral vermelho.

— Saia de perto da janela — Radov ordenou. — A luz do dia irá enfraquecê-lo.

— Não estou sendo atingido por nenhum raio de sol diretamente.

— O simples fato de olhar para fora durante o dia enfraquecerá seus olhos — Radov afirmou. — E você precisará de uma visão aguçada para a batalha hoje à noite.

— Isso se a fortaleza aguentar até lá.

— Qual a diferença entre uma formiga e um exército de formigas quando em batalha contra a sola da bota de um homem? — Radov cuspiu a analogia com desdém. — Vamos esmagá-los quando a noite cair.

— Nossos homens morrerão — Bernard disse, aproximando-se do pai.
— Os que sobraram, é claro.

Um terço dos soldados dos Vetterlan haviam desertado quando souberam que Radov havia transformado seus próprios parentes em vampiros. Boa parte dos soldados que restaram só permaneceram porque foram comprados com promessas de ouro e glória, que obviamente nunca chegariam. Radov planejava usar seus soldados apenas como escudos humanos, até que a noite caísse e ele e os outros Vetterlan pudessem sair para lutar com todas as suas forças.

— As muralhas não vão aguentar as catapultas — Bernard retomou. — Eles trouxeram muito mais homens do que imaginávamos, e muito mais instrumentos de guerra. Pelo que vi, possuem até feiticeiros, e sabemos que fabricam explosivos com alquimia e magia.

— Sim, eles destruirão tudo. Não faz diferença. Reconstruiremos quando o último Nashford morrer.

— Pai...

— Apenas faça a sua parte, filho — Radov disse, fitando-o seriamente.
— Proteja a *nossa* família. Eu sei que é isso que sua mãe desejaria.

Jamais, Bernard pensou. *Minha mãe jamais aceitaria fazer pacto com uma criatura das trevas, vender a própria alma, transformar-se no que somos hoje.*

Bernard ainda não havia se acostumado a ser um vampiro; na verdade, ninguém havia se habituado à transformação. Fazia poucos dias desde que os Vetterlan escolhidos por Radov passaram pelo ritual, e todos ainda estavam tentando entender suas novas vidas e seus novos poderes. O ritual havia gerado habilidades diferentes em cada um. Alguns conseguiam se transformar em morcegos, outros apenas se comunicavam com eles. Havia quem conseguisse invocar uma súbita névoa, e também quem fosse capaz de tornar o próprio corpo em uma densa neblina, espalhando-a por muitos metros. Se apenas tivessem sido mordidos por Radov, tornariam-se vampiros comuns, mas eles passaram por um rito secreto, um processo especial, por isso tinham mais habilidades. Os poderes podiam ser diferentes, mas algumas características eram iguais: todos eram extremamente vulneráveis à luz do sol e tinham uma insaciável sede de sangue.

Imerso em preocupação, Bernard desceu aos esconderijos subterrâneos para passar alguns momentos com a pessoa que mais importava. Sua irmã mais nova, Ayla, estava em uma grande ala secreta abaixo do castelo, no mesmo nível dos calabouços. Assim como a maioria das mulheres, os anciões e as outras crianças, estava ali para esperar até que a batalha acabasse.

— Irmãzinha — ele disse ao se aproximar de Ayla. Abraçou-a e beijou seu rosto. — Você está bem?

Ela estava sentada num banco, conversando com uma de suas amas.

— Estou — ela disse. Segurava um livro de histórias de fantasia nas mãos, um presente que Bernard havia lhe dado anos atrás. Os olhos da garota diziam que ela estava assustada, mas Bernard sempre soube que a irmã era corajosa. — Vou ler para passar o tempo. Papai disse que tudo acabará rápido quando anoitecer.

A única coisa que Bernard agradecia ao seu pai era o fato de não ter obrigado Ayla a passar pelo ritual. O fato de o pai tê-la poupado da transformação o fez pensar que talvez ainda houvesse alguma coisa de humano na alma de Radov.

— Sim, Ayla — Bernard disse, sem acreditar nas próprias palavras. — Amanhã pela manhã, vocês todos já poderão sair daqui e subir de volta ao castelo. Tudo ficará bem.

Leram algumas histórias e tentaram pensar em qualquer outra coisa que não fosse a batalha, que já estava começando lá fora. Naquele meio tempo, chegaram até mesmo a rir, e Ayla passou um bom tempo abraçada a Bernard, que a acariciava os cabelos. Ficaram assim durante um bom tempo, até que tremores começaram a abalar o morro, e mesmo ali, naquela área subterrânea, era possível ouvir o barulho de explosões e gritos de horror dos níveis acima.

Ouviram os barulhos da guerra durante um tempo, quando Gustav adentrou a ala correndo com uma tocha na mão, parecia aflito. O suor brilhava em seu rosto.

— Eles começaram o ataque, irmão — Gustav disse, afoito. Havia terror em seus olhos arregalados. — Precisamos de você na torre. Nosso pai ordena.

— Já é noite? — Bernard quis saber.

— Ainda não. Acreditamos que eles pretendem continuar o ataque até a noite cair, e então retroagir para a base do morro, para se proteger e reagrupar. Nosso pai deseja contra-atacar quando escurecer. Precisamos de você na torre, agora.

— Desde quando você passou a fazer tudo que nosso pai ordena?

— Agora não é hora, Bernard! — Gustav gritou, raivoso. — Vamos!

Bernard o analisou com olhos julgadores. Gustav era o que mais havia mudado. Seu irmão mais velho costumava ser um homem bom, que pensava antes de agir e sempre preferia optar pela paz. Agora, sua sede de sangue era tanta que ele não conseguia suportar. Tornou-se impulsivo, sentia terríveis dores de cabeça e não raro ficava enraivado sem motivos aparentes. O mais curioso é que havia se tornado extremamente obediente a Radov. Bernard suspeitava de que o pai havia feito algo diferente em seu ritual, de modo a deixá-lo submisso, pois sabia que Gustav era a pessoa que mais se oporia a ele.

Deu um abraço apertado em Ayla e beijou sua testa.

— Amanhã, eu mesmo virei aqui para levá-la ao seu quarto.

— Promete? — ela disse, olhando-o nos olhos.

— Prometo.

Antes de acompanhar o irmão, olhou para os guardas que haviam sido designados para ficar ali naquela ala secreta. Não estavam ali para proteger as mulheres e crianças; seu trabalho era matá-las de forma rápida e indolor, antes que os inimigos as estuprassem. Bernard sentiu um aperto no peito e um calafrio quando pensou nisso, mas tentou ignorar aqueles sentimentos ruins e procurou preencher-se de coragem.

Na companhia de Gustav, voltou ao castelo.

E o caos imperava.

Os invasores já estavam retroagindo ao som das trombetas, mas o dano causado permaneceria para sempre. Boa parte das muralhas externas havia sido destruída pelas catapultas inimigas, bordas de pedras fumegantes continuavam a exalar fumaça. Havia um sem-número de cadáveres espalhados pelos pátios, corredores e adarves. Bernard correu com seu irmão mais velho pelos corredores internos.

Lá fora, a noite caía.

Reunidos no salão de guerra, os Vetterlan e os capitães remanescentes ouviam Radov instigá-los para a batalha. O contra-ataque começaria em breve, e o líder da casa proclamou um discurso inflamado. Ele era bom com as palavras, tinha uma voz poderosa e a postura de um líder. Falou sobre o valor da família e o quanto os Vetterlan tinham que proteger uns aos outros. Prometeu glória, ouro, títulos e terras aos soldados que o ouviram e garantiu que aquela batalha era apenas o começo de uma trajetória de conquistas.

Bernard não acreditou em nenhuma palavra. Durante aqueles minutos, pensava apenas em uma coisa: proteger Ayla. Vencer aquela guerra significava salvar a vida de sua irmã, e apenas por isso Bernard não desertara de sua própria família.

Quando o céu finalmente escureceu, os Vetterlan deixaram o teto de seu castelo e se espalharam pelo morro. Indo cada um para um lado, espargiram-se pela mata, pelos desníveis rochosos e pela floresta de pinheiros. Uma densa neblina tomou conta da noite.

E os vampiros começaram a chacina.

Invocando as trevas, Bernard desceu o morro em poucos segundos. Ainda estava se acostumando àquele poder. Naquela forma, ordenava à escuridão que o cobrisse por completo, de modo que sua consciência se dissipava em pequenos fragmentos espalhados pelas sombras que avançavam em direção aos inimigos. Esparramando-se como uma gigantesca capa de penumbra, ele escondia sua forma física, arrastando-se morro abaixo como um enorme fantasma de breu. Quando chegou ao acampamento dos Nashfords, desmantelou as trevas e revelou seu corpo no meio de centenas de soldados. Assustados, os inimigos juntaram suas espadas e lanças e partiram para o ataque, mas Bernard era rápido demais. Movendo-se numa velocidade quase impossível de acompanhar com os olhos, brandia a espada enquanto fazia um rio de sangue escorrer da lâmina. Lutava com tamanha velocidade que deixava nada mais que um efêmero rastro negro para trás.

E quanto mais ele matava, mais sangue ele bebia.

E quanto mais sangue bebia, mais sede ele tinha.

Uma sede que parecia não ter fim.

Bernard já não sabia há quanto tempo estava lutando. Conforme os minutos passavam, seu corpo ia tomando uma forma mais bestial e sua mente parecia vagar para longe. Ele já não conseguia controlar o impulso selvagem que crescia em sua alma, transformando seu corpo em uma criatura horrenda, alta, magra e parcialmente formada por sombras. A cabeça desproporcionalmente grande já estava com o dobro do tamanho da de um humano normal, e agora ele corria contra homens que já não tinham mais coragem de enfrentá-lo.

Ele já não sabia quem estava matando. No calor da batalha, brandiu a espada em quem estava à sua frente, e até mesmo cabeças de soldados aliados rolaram aos seus pés, ceifados por sua fúria. Muitos inimigos começaram a fugir quando o viram naquela forma, mas havia outros que se recusaram a bater em retirada. Com alabardas com o estandarte do Eterno nas pontas, os soldados mais devotos continuaram em batalha. A música de morte continuou por um tempo. Espadas batendo em espadas; gemidos de agonia; explosões de magia. Até que, fundo da noite, a sinfonia perdeu a força.

E, aos poucos, a melodia de horror cessou.

Quando se deu conta, Bernard ficou estático, sozinho na floresta de pinheiros. Ao seu redor, nada mais que troncos derrubados, corpos desmembrados e poças vermelhas.

No céu, o manto negro começava a ganhar um tom escuro de azul.

Bernard voltou a si e percebeu que o dia estava para amanhecer. Ao recobrar a consciência, começou a sentir as dores. Mesmo fortalecido pelo sangue humano bebido naquela noite, ferimentos de lâminas tomavam quase todas as partes de seu corpo, afligindo-o com uma dor aguda. Gritou enquanto mancava morro acima, ao passo que sentia os cortes se fechando vagarosamente, costurando nervos, músculos e pele. Seus machucados estavam se curando devagar, e Bernard ia subindo pelo percurso pavimentado por cadáveres. Até que olhou para o castelo e percebeu que não havia mais casa para onde retornar.

Restaram apenas ruínas. Ainda havia focos incendiários em alguns destroços, e Bernard enxergou o corpo do pai caído no chão. Estava rodeado de cadáveres de soldados inimigos, dois deles ainda estavam com cajados nas mãos e, pelos robes que usavam, Bernard concluiu que eram feiticeiros. Aproximou-se do corpo de Radov e fitou-o uma última vez. Apenas metade do rosto estava reconhecível, a outra parecia ter sido derretida por algum líquido fervente. Ele morreu com o punhal de aço vermelho em punho, mas a lâmina fora quebrada ao meio durante o combate e, aparentemente, estava tão danificada que havia perdido suas propriedades especiais. Observou-o durante alguns segundos, tentando lembrar-se de qualquer memória agradável do pai, mas não conseguiu evocar nenhuma boa lembrança.

Então ouviu um gemido suplicante chamar por seu nome.

— Bernard... — era a voz de Gustav. — Bernar...

Ele estava caído a poucos metros dali. Ao aproximar-se, Bernard enxergou o pior: o braço esquerdo de Gustav estava decepado na altura do cotovelo, boa parte de seu rosto havia perdido a pele. Era possível ver os ossos cobertos por uma fina camada de sangue, e uma porção de seu crânio estava à mostra.

— Irmão... — Bernard abaixou-se diante dele. — Eu vou levá-lo para dentro...

— Acabou para mim... — o irmão disse. Cada palavra parecia fruto de um enorme esforço. Sangue escorria de sua boca, os lábios haviam sido estourados por algum ataque frontal. Agora, Gustav mais parecia um defunto em decomposição do que um homem. — Por favor, apenas...

— Ainda há os corredores secretos — Bernard disse. — Onde Ayla está. Vou levá-lo até lá...

— Irmão — Gustav segurou sua mão. — Tudo está perdido — soltou uma tossida ensanguentada e inspirou profundamente. — Por favor, me mate.

— Não fale besteiras! — Bernard berrou. Queria abraçar o irmão, mas parecia que Gustav iria se despedaçar se o fizesse. — Eu vou...

Com lágrimas nos olhos, finalmente entendeu que não havia nada que pudesse ser feito. Gustav também havia se tornado um vampiro, mas ele estava sofrendo e não parecia que iria melhorar. Talvez ele realmente não quisesse melhorar. Tudo o que ele queria era que seu fim chegasse, que o livrasse daquela dor.

— Eu imploro — Gustav usou seus últimos esforços para dizer. — Por favor, irmão.

Chorando, Bernard pegou sua espada e perfurou o coração de Gustav. As lágrimas caíram no rosto deformado daquele que um dia foi a maior inspiração de sua vida, o melhor homem que já conheceu.

Morto, mesmo na imortalidade.

Cambaleando entre as ruínas, Bernard viu que a porta do alçapão para os calabouços havia sido destruída, mas a escadaria parecia intacta. A alguns metros dali ficava a entrada secreta para os túneis subterrâneos em que Ayla estava, e Bernard dirigiu-se até lá.

A entrada estava obstruída por pedregulhos. Reunindo toda a sua força, começou a retirar as pedras, jogando-as para longe. Desesperado pelo que podia ter acontecido à irmã, ignorou a dor dos ferimentos se abrindo em seu corpo cada vez que ele se esforçava demais para levantar as rochas. Por fim, conseguiu liberar a passagem e desceu a escadaria.

Apavorou-se quando viu o que havia lá dentro. Corpos de soldados inimigos haviam sido soterrados por escombros enormes, o que significava que eles haviam conseguido chegar até ali. Quebrando paredes e correndo entre os túneis, Bernard chegou à ala em que sua irmã deveria estar.

Tudo que restava de Ayla era seu cadáver. Sua garganta estava cortada. Os inimigos realmente haviam encontrado aquele lugar, e os guardas de sua família executaram as mulheres e crianças antes que algo pior acontecesse. Ao tentarem fugir, os soldados dos Nashfords foram soterrados por alguma explosão que havia acontecido nos níveis acima.

Bernard abraçou o corpo frágil de Ayla, fitou os olhos sem vida da irmãzinha e gritou a dor de sua alma até desmaiar com o corpo em seus braços.

Letal

- TONY -

Os ferimentos estavam cicatrizando bem. Com curativos na perna direita e no peito, Tony já não tinha a força e a mobilidade necessárias para ser o batedor do trio, de modo que Dianna e Ezendir passaram a revezar na tarefa. Após a batalha no bosque, boa parte dos recursos que estavam guardando para a luta contra o vampiro havia sido gasta, mas Tony afirmava que o que restou era o suficiente para a batalha.

Os três revistaram as coisas dos mercenários que tentaram matá-los, mas não encontraram nada de muito útil. Suas armaduras não eram de boa qualidade. Algumas espadas e punhais eram de metal decente, mas não se equiparavam aos equipamentos que o trio portava. Os cavalos que sobreviveram foram soltos no campo, e os outros foram amontoados no bosque, junto com os cadáveres dos mercenários.

— Não vamos gastar nosso tempo queimando aquele monte de corpos — Tony disse quando estavam montando o acampamento. Haviam deixado o bosque com os corpos para trás e acamparam quilômetros adiante.

— Se ainda tivéssemos o falcão, podíamos pedir para que meu primo enviasse alguém para lidar com isso — Dianna comentou. — Bom, pelo menos agora nossas suspeitas foram confirmadas — ela disse e entregou a Ezendir um pergaminho que havia encontrado no corpo de um dos mercenários.

— Um contrato — Ezendir analisou. — Com o selo dos Rysters. Uma carta de crédito para retirada de ouro e posse de terras.

— Agora não há dúvidas de que esses bandidos realmente foram contratados para atacar os vilarejos no condado do Miguel — Dianna disse. — Tiveram o que mereciam.

— Coitado do Rapidão — Tony propositalmente mudou de assunto. Não queria saber de rixas entre famílias nobres. — Julden vai ficar abalado quando descobrir que o falcão morreu — comentou, lembrando-se do simpático Mestre das Aves da fortaleza.

— Só há duas opções agora — Ezendir foi direto ao ponto. — Retornar a Porto Alvo, informar Miguel sobre o imprevisto e recuperar nossas forças. Ou seguir a viagem conforme havíamos planejado.

Os três pensaram em silêncio durante boa parte da noite. Chegaram a cogitar a possibilidade de retornar à capital, para se reorganizarem e voltarem mais preparados, mas no fundo nenhum deles queria isso, de modo que decidiram continuar rumo ao Castelo dos Sussurros.

Dianna passou a ajudar Tony com os curativos, que eram trocados todos os dias. Por conta disso, passaram a ficar mais tempo juntos. A cavaleira não havia sido ferida na batalha, e Ezendir havia sofrido ferimentos leves, que já estavam curados no dia seguinte. Ele consertou os amassados em sua armadura na noite posterior à batalha, com as ferramentas que trouxera na carroça. Havia queimado as mãos ao absorver o calor da pedra solar, mas Tony preparou uma pomada para aliviar a dor.

Para não correrem o risco de outros encontros indesejados, optaram por uma rota um pouco mais longa, mas mais segura. Com isso, atrasaram a viagem em um dia e meio, mas puderam dormir numa estalagem na terceira noite após a batalha. Ezendir ficou com a vigília da carroça no lado de fora, coberto por um manto de lã e na companhia de uma porção de linguiça e uma caneca de cerveja. Dianna e Tony dormiram no mesmo quarto, a estalagem estava lotada.

— Você tem certeza de que quer continuar? — Dianna perguntou, entregando a Tony um pote com uma pasta de ervas misturadas. — Seus ferimentos ainda são um problema.

Ela o estava ajudando na recuperação. Auxiliava-o a trocar os curativos e pegava as ervas necessárias para as misturas. Até misturava as raízes e fazia misturas medicinais, seguindo as instruções de Tony.

— Tenho — ele disse, esfregando a mistura no machucado na panturrilha. Depois, fez o curativo com a ajuda de Dianna. — Não há com o que se preocupar. E eu sei que alguém com o seu orgulho odiaria ter que adiar a missão.

— Não que eu odeie aquele monstro — ela disse. — Nunca me fez nada e só mata os que invadem o morro. Mas arrancar a cabeça daquela criatura vai calar a boca de todos que duvidam do meu valor.

— É, eu sei — Tony disse. — Eu ainda manco se tentar caminhar com pressa. Vou levar mais uns dois dias até conseguir andar sem problemas — garantiu. — E quatro ou cinco para correr e me mover com mais liberdade.

— E o peito?

— Está bem melhor. Incomoda menos do que a panturrilha.

Ele tirou a camisa e começou a remover as ataduras.

— Eu ajudo — ela disse, observando as cicatrizes no corpo dele antes de começar.

Tony deitou-se na cama e deixou que Dianna retirasse os panos sujos, passasse o álcool e limpasse o ferimento. Enquanto fazia, aproximava o rosto bem perto do corpo de Tony, e muitas vezes o olhava nos olhos, os narizes a não mais que cinco centímetros de distância. Ela passou a pomada, prensou as ervas e enrolou o pano novo, dando a volta no torso e completando o curativo. Quando terminou, encarou Tony por alguns segundos, mas ele não disse nada.

— Você é um idiota — ela disse, mas não parecia brava.

— O que eu fiz? — ele perguntou, fingindo estar confuso.

— O que você não fez — ela disse.

E o beijou. Ele devolveu o beijo e puxou Dianna para a cama, girando habilmente e ficando por cima.

— Agora eu acredito — ela disse sorrindo. — Acho que você não está tão ferido assim.

— Prazer e dor andam juntos às vezes — ele a beijou enquanto a despia.

Não precisaram falar mais nada, ambos queriam aquilo. Os dois vinham se dando bem desde quando se conheceram, e a viagem serviu para aproximá-los. Partiam numa jornada da qual não sabiam se retornariam e agora estavam com privacidade suficiente para fazer o que já queriam ter feito há dias. A iminente batalha e a possibilidade de não sobreviverem a ela fazia cada beijo e suspiro valer dez vezes mais. Exploraram e desfrutaram do corpo um do outro madrugada adentro.

Quando o dia estava amanhecendo e os dois acordaram, olharam um para o outro, procurando as melhores palavras.

— Eu... — ele disse. — Nós...

— Ainda somos a mesma coisa que éramos ontem à noite — ela disse, vestindo suas roupas e prendendo o cabelo.

— E o que éramos?

— Companheiros de viagem que se tornaram bons amigos a caminho de uma missão perigosa.

— Ótima forma de definir — ele disse. Ao se levantar, deixou escapar um leve gemido de dor. O ferimento no peito estava abrindo. — Merda...

— O bom é que agora eu sei que você não precisa da minha ajuda para fazer os curativos — ela sorriu e foi em direção à porta.

Tony realmente não precisava, mas o processo se tornava duas vezes mais rápido se ela ajudasse.

Compraram dois barris de cerveja na estalagem e saíram cedo naquela manhã. E, como sempre, mantiveram a rotina de deixar a caixa da pedra solar aberta, afiar espadas, lâminas e punhais e produzir poções e pomadas.

Tony estava afiando Lua Rubra quando algo na lâmina chamou sua atenção.

— Você notou o mesmo que eu? — Tony perguntou a Ezendir, que estava guiando a carroça. Mostrou a adaga a ele. Naquela tarde, Dianna estava de batedora, muitos metros à frente, cavalgando sozinha.

— O quê? — Ezendir perguntou, olhando para a lâmina.

— Parece que está um pouco mais vermelha — Tony comentou. Observou a runa que os feiticeiros de Miguel haviam criado na arma, para que ficasse ainda mais letal, mas ela não parecia ter mudado. — Um vermelho um pouco mais forte do que era antes. Não parece?

Ezendir ficou alguns segundos olhando para a lâmina.

— Eu mentiria se dissesse que percebo alguma diferença — ele disse —, mas isso não quer dizer que não tenha mudado.

Tony preferiu não tocar mais no assunto, mas para ele estava claro que a lâmina estava mais vermelha. Ele sabia que o aço vermelho tinha a fama de ser letal contra vampiros. Havia ouvido histórias de que aquele tipo de metal era forjado com magia, ganhando a habilidade de absorver a energia vital das vítimas, tornando-se uma arma mais poderosa. Isso explicaria o porquê de a tonalidade ter ficado mais forte, mas algo ainda o intrigava.

Meu irmão lutou com essa adaga e mesmo assim não foi páreo para o monstro, pensou. *E ele tinha uma pequena tropa para ajudá-lo. Será que essa coisa funciona mesmo?*

Os dias passaram rápido. Tony temeu que sua relação com Dianna fosse ficar estranha depois da noite na estalagem, mas ela manteve o humor afiado e o comportamento de sempre.

No décimo nono dia de viagem, Tony já estava recuperado de seus fe-

14 • Letal

rimentos. Conseguia correr e se locomover sem dificuldades e provou isso sendo o batedor naquela tarde. Estava quase anoitecendo quando finalmente enxergaram as ruínas no alto do morro.

A jornada estava quase chegando ao fim.

— Chegaremos lá em um dia de viagem — Tony disse. — Está a poucos quilômetros daqui.

— E agora? — Dianna disse. — Avançamos até a base do morro. Ficamos escondidos na floresta de pinheiros e esperamos para atacar amanhã, à primeira luz do dia?

— Não — Tony tirou o mapa do ducado de uma bolsa de pano e começou a observá-lo. — Iremos demorar um pouco mais. Há um vilarejo perto da floresta de pinheiros.

— Você quer passar a noite lá? — Ezendir perguntou.

— Normalmente essas vilas são muito pobres — Dianna disse. — Dificilmente terão espaço para nos abrigar. Acredito que nem haja uma taberna naquele lugar.

— Mas provavelmente há uma forja — Tony disse. — Uma oficina pequena, não do tipo que produz espadas e armaduras, mas ferraduras e correntes.

— Para que precisamos de uma forja? — Dianna perguntou.

— Acho que tenho uma ideia de como usar isso aqui — Tony disse, pegando a caixinha de prata com a pedra solar.

Chegaram ao vilarejo quando a noite estava caindo, mas só havia desolação. O local havia sido atacado alguns dias atrás. Pouco havia sobrado dos cadáveres putrefatos; abutres e outros animais carniceiros vinham se banqueteando. Não havia um beco que não fedesse à morte.

— Isso é obra dos inimigos de Miguel? — Tony perguntou, guiando a carroça pelas ruelas abandonadas.

— Só pode ser — Dianna respondeu e acendeu a lamparina a óleo para enxergarem melhor. — Os desgraçados que passaram por aqui nem se deram ao trabalho de juntar os cadáveres. Deixaram os corpos onde os mataram. Espero que tenham sido aqueles que matamos dias atrás.

Tony havia jurado a si mesmo que deixaria de se importar com os problemas do ducado, mas admirava o senso de justiça de Dianna. Ela fazia valer o título de cavaleira juramentada e parecia se importar genuinamente com os menos favorecidos. Talvez por isso ela pudesse ser tão indiferente com criminosos, a ponto de torturá-los sem remorso a mando de sua família. Algo com que Tony não concordava, mas não podia esperar perfeição de ninguém, muito menos de uma guerreira.

Quando matassem o vampiro, Tony voltaria para sua casa e para a presença de seus amigos, mas Dianna partiria para outra missão: confrontar os bandidos que estavam assolando os vilarejos. Não porque era obrigada por Miguel, mas porque tornara-se cavaleira com dois propósitos. O primeiro era o explícito: trazer justiça. O segundo estava mais escondido, mas era ainda mais poderoso: seu próprio orgulho e desejo de ser a melhor naquilo que fazia.

Algo com que Tony conseguia simpatizar, ao menos um pouco. Ele não era tão diferente quando era jovem.

— O que houve? — Dianna perguntou quando percebeu que Tony estava olhando para ela.

— Nada — ele desconversou. — Me ajudem a achar uma oficina que tenha uma forja.

Não demoraram muito para encontrar. O local estava uma confusão, com ferramentas espalhadas por todos os lados e manchas de sangue seco. Havia seis pessoas mortas no casebre ao lado da oficina: um homem, uma mulher e quatro crianças. Provavelmente o ferreiro e sua família.

— Teremos que passar alguns dias aqui — Tony disse.

— Esta vila foi transformada em um cemitério a céu aberto — Dianna disse. — Passaremos os dias ao lado dos mortos?

— Ao menos vamos queimar os cadáveres antes — Ezendir propôs.

— Não — Tony rebateu. — A fumaça iria chamar a atenção do vampiro.

— O que você pretende fazer, Tony? — Dianna quis saber, impaciente.

— Vamos tornar a pedra solar útil — ele respondeu. — Ezendir, a forja parece boa?

— Acho que ainda funciona, e há material para acendê-la.

— Ótimo, vou precisar da ajuda de vocês. Vamos dar mais letalidade às nossas armas.

Tony colocou a caixinha com a pedra solar na mesa.

— Vou trabalhar aqui a noite toda. Vou precisar de mais lamparinas, peguem todas as que trouxemos na carroça, e as tochas também. Quero essa oficina bem iluminada.

— Entendi — Ezendir disse. — Você realmente acha que pode funcionar?

— Você é um ferreiro experiente, não? — Tony disse. — E eu, um alquimista.

— E se der errado? — Dianna contestou. — Não quero sacrificar a espada que Durion Montebravo me deu a troco de nada.

— Não vai dar errado — Tony afirmou.

— Então faça o processo na sua espada primeiro — ela disse. — Se funcionar, deixo fazerem em Ventania.

— Não se preocupe, não iremos reforjar as armas. Apenas tentarei infundir a energia da pedra nas lâminas. Além disso, darei prioridade às flechas, não às espadas. Ezendir possui a termoabsorção, pode ser útil.

14 • Letal

— De acordo.

O que era para ser uma longa noite tornou-se três dias. Eles reorganizaram a oficina para que o processo pudesse ser feito, juntando mesas e separando frascos e recipientes. Tony conjurou um feitiço na pedra solar e pediu que Ezendir a colocasse na forja. O objetivo era fazer com que a gema mantivesse as propriedades mágicas mesmo quando fosse quebrada. Ezendir martelou com cuidado, com o esmero de um ferreiro experiente. Cada pancada leve fazia a pedra faiscar e emitir um forte brilho dourado. Quando ela finalmente rachou, um forte clarão tomou conta da oficina, mas logo foi diminuindo e voltou a concentrar-se dentro da pedra. O devoto continuou o processo até transformá-la em pequenos fragmentos.

Os poderes de termoabsorção de Ezendir tornaram possível que ele entrasse em contato com os fragmentos sem se queimar, contanto que não ficasse muito tempo manipulando os pedaços. Tony desenhou uma série de runas sobre a mesa de trabalho e continuou a preparar seus feitiços. Pediu ajuda a Dianna e Ezendir para derramar as migalhas de pedra solar sobre os símbolos, de modo que os cobrissem por inteiro. Quando o processo estava finalizado, as runas sobre a mesa estavam acesas em luminescência ofuscante, irradiando um calor maior até mesmo que o da forja. Os fragmentos haviam se mesclado sobre as runas e tomado uma forma pastosa. Ezendir coletou a mistura e a despejou em um balde. Mergulharam apenas a espada de Ezendir no material, e mais quatro flechas.

— Boa parte da energia absorvida pela pedra com certeza se perdeu nesse processo. A alquimia pode transformar as coisas, mas nem todas as propriedades se mantêm. É por isso que essa mistura, mesmo feita da pedra solar, não emana mais tanto calor, e até mesmo um balde de lata pode servir de receptáculo — Tony explicou. Sem camisa, estava suado e cansado após os três dias de trabalho incessante. Aliviou o calor com um gole de cerveja. — Mas agora sua espada será letal contra o vampiro — disse, olhando para Ezendir. — Vamos deixar sua espada e essas quatro flechas mergulhadas no balde por dois dias. Nem um dia a mais, nem um dia a menos.

— Por que não fazemos o mesmo com as nossas lâminas? — Dianna perguntou.

— Lembro-me de que você não queria que sua preciosa espada passasse pelo processo.

— Porque pensei que poderia danificá-la. Agora vejo que não há problema.

— Quatro flechas e uma espada já foram o suficiente para tomar todo o espaço do balde. Precisamos que as propriedades mágicas da mistura feita com os fragmentos da pedra solar impregnem nelas. Dois dias é o suficiente para isso. Quando terminar, toda energia estará espalhada nas flechas e na lâmina, e essa mistura no balde se tornará inútil, todas as suas propriedades já terão sido transferidas para a espada de Ezendir e para as pontas das flechas. Veja bem — disse e olhou para o devoto, entregando-lhe uma ampulheta. — Durante esses dois dias, preciso que você retire sua espada e as flechas do balde a cada quatro horas. Martele como se estivesse dobrando aço por cinco ou dez minutos. Depois devolva ao balde.

Ezendir pensou por uns instantes.

— Certo, acelerar a infusão dos elementos da pedra que estão espalhados na mistura.

— Exatamente. Faça isso com a forja pouco quente. Nosso objetivo não é fazer com que a espada e a flecha se tornem extremamente quentes, mas sim que absorvam com eficiência as propriedades mágicas da pedra. Calor, por si só, não é o que causará dano ao vampiro. Ele só sofrerá porque nossas armas estarão impregnadas com uma energia que é letal para ele.

— Imagino que temos um tempo curto de ação — Ezendir comentou. — A energia da pedra não permanecerá nas flechas e na minha espada por muito tempo.

— Correto — Tony disse. — Assim que tirarmos a espada e as flechas do balde, precisamos atacar.

— Vamos descansar até lá, então — Dianna disse. — E pensar em estratégias de combate.

— Sim, temos que pensar em um plano — Tony comentou. Limpou a boca quando terminou a cerveja e vestiu a camisa. — Mas o trabalho ainda não terminou. Venham comigo buscar os materiais na carroça.

— Não acredito que são mais ervas — Dianna brincou. — Estamos tomando cinco poções por dia, pensei que suas ervas tinham acabado.

— Estão quase acabando, mas separei algumas para outro propósito. E dessa vez não estou falando apenas de ervas — olhou para trás e sorriu um sorriso orgulhoso de si mesmo antes de sair da oficina. — Eu estava pensando naquilo que o Ezendir falou muitos dias atrás, antes de iniciarmos a viagem.

— O que eu disse? — Ezendir quis saber, seguindo Tony para fora da oficina. Claramente não sabia do que Tony estava falando.

— Você achava que alho podia fazer mal a vampiros.

— Muitos acreditam nisso — Dianna defendeu Ezendir, aproximando-se dele. — Eu mesma achava que era verdade.

— Bom, eu *sei* que alho não faz mal a vampiros — Tony disse. — Mas acho que subestimei o potencial dessa planta. Hoje, agradeço por você ter trazido um saco com alhos para a viagem, Ezendir.

14 • Letal

— Pode explicar? — Dianna perguntou, impaciente.

— Vampiros possuem o olfato muito desenvolvido, conseguem sentir o cheiro de sangue humano a distância — chegando à carroça, retirou o pano de cima de duas caixas cheias de ervas e mostrou as cabeças de alho que Ezendir havia trazido. Estavam jogadas em um canto, esquecidas. — Não podemos negar que o alho possui um odor e tanto — ele disse e pegou as caixas. — Vou preparar uma pasta e uma poção para disfarçar nossos cheiros — atirou uma cabeça de alho em Dianna, como em uma brincadeira, mas ela desviou. Partiu entusiasmado para dentro da oficina. — Quanto antes isso tudo acabar, mais cedo eu estarei em casa, bebendo vinho dos Batius e jogando cartas com os meus amigos. Venham, me ajudem!

Motivados pelo entusiasmo de Tony, os dois pegaram as caixas com as ervas e o seguiram.

Sombras do Passado IV

- Bernard -

>Noroeste de Fáryon
>Em algum momento do passado,
>após a batalha contra os Nashfords

O que um dia foi seu lar, agora não passava de ruínas. Bernard fora o único sobrevivente da batalha contra os Nashfords, que levou ao fim duas das maiores famílias do condado. Ele sozinho queimou todos os cadáveres; o alto do morro ardeu durante dias.

Quando era apenas um ser humano, sua saúde costumava ser frágil, tão debilitada que ele sequer podia fazer viagens longas. Agora era o contrário: estava amaldiçoado com uma força sem igual, fadado a viver eternamente sozinho nos destroços de um castelo.

Seu pai almejava a imortalidade e pensou que se tornaria invencível ao se transformar em vampiro.

Ele pagou o preço, mas forçou todos nós a pagarmos com ele, Bernard pensou, deitado nos calabouços. *Uma decisão nunca pesa somente àquele que a toma.*

Muitos almejavam encontrar a fonte da vida eterna. Os alquimistas viviam transmutando diferentes materiais e formulando poções na tentativa de se tornarem imortais.

As longas décadas em isolamento provaram a Bernard que não havia prazer em viver para sempre.

Ele era imortal, mas não tinha vontade alguma de continuar existindo. Nas ruínas, o único lugar que ainda se mantinha em bom estado eram os calabouços, e ali ele escolheu se exilar do mundo, dormindo em alas e corredores escuros e úmidos, na companhia apenas das trevas, dos morcegos e das sombras de seu passado, que o atormentavam com mais ímpeto que qualquer flagelo na carne.

Agora ele percebia que a falta de urgência tornava a eternidade insípida. Saber que a morte chegaria um dia era o que fazia da vida uma experiência única; a certeza de que não se tem todo o tempo do mundo à disposição e de que os grãos de areia na ampulheta do universo nunca param de cair.

Na eternidade, para que se dar ao trabalho de fazer alguma coisa, quando sempre há o amanhã para dar outra chance?

Bernard não tinha motivação e ambição dentro de si, e sua vida imortal tornou-se também sua prisão.

Dias se passaram...

Anos...

Décadas.

Apesar de não sentir prazer em viver, Bernard também não queria tirar a própria vida.

Quando alguém subia o morro e o atacava, ele se defendia. Não raro baixava a guarda de propósito e deixava um cavaleiro acertar-lhe a espada no peito, na esperança de que aquela dor fosse a última coisa que sentisse.

Sangrava, mas não morria.

Os invasores não tinham a mesma sorte. E era quando os homens tentavam matá-lo que ele tinha a desculpa perfeita para saciar a sede de sangue. Seu desejo por sangue humano era a única coisa que podia competir com seu desalento, e sempre que inimigos tentavam caçá-lo, Bernard cedia à tentação e fartava-se em seus corpos.

Com o passar do tempo, compreendeu que não poderia continuar esperando que o alimento viesse até ele. Passava muitos dias sem comer, até que era obrigado a sair à noite, mas evitava matar inocentes.

Não havia mais sonhos no coração da criatura que ele havia se tornado. Todo dia era apenas mais um, e sua rotina espargia-se em ciclos de longas esperas na escuridão dos calabouços, até que novos invasores tentavam matá-lo e ele podia se banquetear sem culpa.

Sua vida teria continuado assim para sempre, não fosse a chegada de uma criança.

Bernard estava dormindo, não percebeu quando ela subiu o morro. Acordou porque ouviu os passos se aproximando, descendo as escadas.

— Como uma criança veio parar aqui? — ele perguntou. A julgar pelo quão forte era o cheiro do sangue dela, a garota devia estar com ferimentos expostos.

Por algum motivo, ela não respondeu.

— Não me faça repetir — Bernard insistiu. Sua voz soou rouca, usar a garganta causava dor; fazia tempo que não falava com ninguém.

— A entrada estava aberta. As escadas... — a criança choramingou.

— Vá embora — Bernard demandou, irritado.

— Não posso — ela disse, a voz acuada. — Vão me matar se eu sair daqui.

Ela de fato não foi embora.

E agora Bernard tinha de novo uma razão para viver.

15 • Sombras do Passado IV

Obrigada, Pai
- Vika -

Os animais do morro foram os principais beneficiados com a carnificina. Após matar todos os invasores, Bernard precisava lidar com os corpos. Havia bebido o sangue de boa parte de seus inimigos, mas os cadáveres precisavam ir para algum lugar. Retirou as armaduras dos mortos, foi até as matas espalhadas pelo morro e despejou os corpos, sabendo que não durariam muito. Pegou as espadas e lanças dos derrotados e jogou em uma das alas dos calabouços.

Logo após a batalha, Bernard removeu o grande pedregulho que tapava a entrada do alçapão, deixando-o completamente aberto de novo. Dia após dia, Vika continuava insistindo para que ele a transformasse em imortal, mas Bernard negava ou se esquivava dos pedidos.

— O morro está silencioso — ela comentou numa manhã, comendo um pedaço de queijo no desjejum.

— Os animais só querem dormir agora — Bernard explicou. — Estão de barriga cheia.

— Isso é bom, certo?

— Para eles, sim. Para nós, nem tanto.

— Por quê?

— Eles são bons mecanismos de defesa contra invasores. Fazem barulho e às vezes confrontam aqueles que tentam invadir o morro, se estiverem com muita fome. Na batalha, mataram alguns homens antes mesmo que eu aparecesse para enfrentá-los. Mas agora estão todos saciados, duvido que façam alguma coisa se alguém tentar vir me matar de novo.

Após o desjejum, Bernard deu a entender que iria dormir naquele dia, mas Vika voltou a insistir em seus pedidos.

— Outros podem vir — ela disse quando Bernard a beijou na testa; ele sempre fazia aquilo antes de ir às alas mais escuras para dormir.

— Sim — ele concordou com um olhar triste. — Outros invasores sempre aparecem.

— Não podemos continuar aqui.

— Não temos outro lugar para ir, Vika.

— O mundo — ela disse. — Meu pai dizia que o mundo é bem grande.

— Ele não era um homem viajado.

— Está dizendo que o mundo é pequeno?

— Não — Bernard sorriu. — Imagino que seja enorme.

— Então há muitos lugares aonde podemos ir — ela insistiu, olhos quase suplicantes. — Deve haver.

— Sim. Porém não acredito que haja muitos lugares receptivos a vampiros.

Ela ficou em silêncio, não tinha como argumentar contra aquilo.

— Além disso, não poderei viajar de dia — ele a lembrou.

— Capas e chapéu — ela sugeriu, de novo. — Luvas. Para protegê-lo do sol.

Ele deixou escapar uma risada curta.

— Você quer mesmo sair daqui, não é, Vika?

— Com você — ela reforçou.

Ele ficou um bom tempo pensativo. Aproximou-se da garota e se abaixou para ficar com o rosto quase colado ao dela.

— Você viu o que eu fiz naquela noite.

— Tirou a vida de quem tentou tirar a sua.

— E bebi o sangue deles, quente, jorrando de suas veias.

Vika percebeu que Bernard esperava que ela fosse ficar assustada depois de ter visto aquilo. Mas ela não estava, nem um pouco. Ela o via como um pai, e parecia natural que Bernard fosse se defender de quem tentasse matá-lo. Claro, havia selvageria em seus atos, mas ele era um vampiro, e Vika

16 • Obrigada, pai

compreendia que vampiros podiam ter desejos e impulsos diferentes dos de um homem comum.

Era um dos preços pela imortalidade, e ela não se importaria de pagar se também fosse imortal. Bernard parecia não entender isso.

— Pare de tentar me convencer de que você é um monstro — ela disse, os olhos sérios no rosto de criança. — Não é. Tudo o que fez comigo foi me tratar bem, me proteger. Você é meu pai agora, e não vou deixar que fale de si como se fosse alguma criatura do mal.

— Minha natureza não vai mudar, Vika — ele disse, pesaroso. — Continuarei tendo os mesmos impulsos quando enfrentar meus inimigos.

— Você amava seus irmãos, não amava?

— Sim... — ele respondeu, visivelmente surpreso pela mudança de assunto.

— Você vivia dizendo que seu irmão mais velho era o melhor homem que já conheceu. O que você faria se alguém lhe dissesse que ele era maligno?

— Eu ficaria irritado — Bernard pareceu entender. — Defenderia Gustav.

— Isso! — ela disse. — Você é o melhor homem que *eu* já conheci, Bernard. Não vou deixar que ninguém fale mal de você.

Ele a encarou por bons segundos, sem dizer nada. Então sorriu.

Antes, o rosto de Bernard era sempre sério, triste e melancólico, mas agora estava se tornando cada vez mais comum ver um sorriso em seus lábios.

Eu faço bem a ele, Vika pensou. *E ele a mim.*

— Talvez você esteja certa — ele disse. — Podemos tentar. O que você acha?

— Tentar? — ela perguntou, esperançosa. — Como assim?

— Uma viagem. Não hoje. Não amanhã. Daqui a alguns dias, talvez? Teremos que planejar bem. Muitos lugares não são seguros, precisaremos pensar em nomes falsos, inventar histórias sobre quem somos...

— Eu adoro histórias — ela o abraçou. — Você está falando sério?

— Estou — ele disse, ainda abraçando-a. — Você merece.

— Você também.

— Prometo cuidar de você, mas não podemos sair assim, sem planejar direito antes. Vamos pensar em tudo, está bem? E quem sabe daqui a alguns dias nós possamos fazer um passeio. Assim você pode começar a coletar as flores para o seu perfume.

— O melhor perfume do mundo — ela brincou, sorrindo.

— Estou disposto a tentar ver o lado bonito da vida, Vika. E quero muito que você o veja também.

— Estou vendo agora mesmo — ela disse, olhando fundo em seus olhos. — Obrigada, pai.

AÇO VERMELHO
- TONY -

Tudo estava pronto. Os três vestiram as armaduras e prepararam as armas. Tony ajeitara a espada dos Duragan no lado esquerdo do quadril, no direito havia o punhal e a adaga de aço vermelho. Dianna levava Ventania na bainha, além de seu arco de osso de sauro e uma aljava cheia de flechas, das quais quatro haviam sido banhadas na mistura alquímica que Tony preparara com a pedra solar; suas pontas agora tinham uma tonalidade alaranjada como brasa e emanavam calor. A cavaleira teve que deixá-las ao contrário na aljava, viradas para cima, escapando pela abertura, ou o calor poderia queimar o couro. Por esse mesmo motivo, Ezendir empunhava Castigo Divino já desembainhada, sua bainha não suportaria o calor da espada após ela ter sido fortificada com os fragmentos da pedra solar. A lâmina agora tinha um leve brilho dourado na parte que havia ficado mergulhada no balde.

Dianna e Ezendir dividiam a carroça. Tony ia ao lado deles, guiando o cavalo. Já era quase meio-dia, o sol brilhava alto no céu por entre as nuvens e o trio estava quase saindo da floresta de pinheiros e chegando ao lago na base do morro. Já haviam tomado todas as poções necessárias, e Tony certificou-se de que todos passassem a mistura pastosa que ele havia preparado para confundir o olfato do vampiro. A pasta tinha uma coloração esverdeada, mas penetrava na pele em pouco tempo.

— Sua estratégia é arriscada — Dianna disse.

— Vai funcionar — Tony rebateu. Comia uma maçã enquanto segurava as rédeas com a outra mão.

— Como na luta contra os mercenários? — Ezendir interveio. — Você acabou ferido na última vez que pensou em um plano arriscado.

— Já estou totalmente recuperado — Tony se defendeu. — Estamos vivos, não estamos? O plano é bom. Não é perfeito, mas será eficaz, vocês sabem disso.

Todos estavam ansiosos, a batalha pela qual vinham se preparando desde o começo da jornada estava prestes a acontecer e não seria longa. Contra um inimigo como o que iriam enfrentar, não havia como travar uma luta que durasse muito. Era matar ou morrer, e tudo acabaria logo após começar. Lutariam contra um monstro, a criatura que habitava aquele lugar antes mesmo que qualquer um deles tivesse nascido.

O vampiro nunca havia sido derrotado.

E aquele trio estava disposto a mudar isso.

— Vamos parar — Tony disse e jogou o resto da maçã no chão.

Deixaram a carroça e os cavalos à beira do lago. Tony pegou uma bolsa de couro e a ajeitou nas costas.

— Tenho tudo de que preciso bem aqui — ele disse. —Agora, me ajudem com as tochas.

Para o plano de Tony dar certo, precisariam iluminar o alto do morro o máximo que conseguissem; seria impossível derrotar um inimigo que se move tão rápido sem sequer enxergá-lo primeiro. Contavam com oito tochas e duas lamparinas. Ezendir e Dianna dividiram o peso, cada um levando um saco.

— Ainda há tempo de pensar em outra maneira — Dianna insistiu.

Tony sorriu um sorriso mínimo. Então respirou fundo.

— Vocês acham que eu gosto da ideia de ser a isca?

— Mais um motivo para mudarmos o plano — Ezendir juntou-se à amiga.

— Vocês dois tinham mais fé em mim antes de me conhecer — Tony brincou. — Sei que vocês se sentiram mais confiantes em aceitar a missão do duque quando souberam que eu faria parte da equipe. E também sei que agora que me conhecem melhor, estão vendo que não sou nenhum semideus, nenhum guerreiro lendário.

Dianna fez uma cara estranha e Ezendir franziu o cenho, ambos confusos.

— Vamos enfrentar um vampiro capaz de aniquilar tropas inteiras — ele retomou. — E somos apenas três infelizes, idiotas o suficiente para aceitar uma demanda como essa. Quais as motivações mesmo?

Tony esperou que respondessem, mas os dois não conseguiram encontrar palavras a tempo.

— Quem sabe provar algo a alguém — Tony disse, olhando para Dianna. — Num reino em que mulheres são criadas para se tornarem senhoras obedientes, o que os homens diriam quando descobrissem que uma cavaleira matou o vampiro que milhares de homens não conseguiram? — mais uma vez, Tony esperou Dianna dizer alguma coisa, mas ela não respondeu. — Claro, junto a isso vem o respeito, o prestígio e a fama. Você é uma guerreira, mas não é reconhecida como deveria. Sabe que já teria o reconhecimento devido se tivesse nascido com um pau entre as pernas, mas não nasceu, então está buscando com as próprias mãos aquilo que você já merece. Justo. Não vou julgar seus métodos, nem as coisas que teve ou terá que fazer para alcançar o que quer. Claro, também não digo que concordo, mas minha opinião não parece interessar a você, e nem deveria mesmo. Portanto, até aqui, tudo alinhado entre nós.

Ele fez uma pausa e olhou para Ezendir.

— Você quer pular alguns degraus na hierarquia da Igreja, não é? — aproximou-se do devoto. — Acredita ter boas ideias e sabe que, com um cargo melhor, sua influência aumentará entre os sacerdotes e sua voz poderá ser ouvida por aqueles que tomam as decisões. Talvez você até consiga mudar o pensamento de alguns daqueles velhotes, mudar a Igreja, se é que isso é possível. Eu confesso que não sei exatamente o porquê de você desejar tanto o posto de Bispo Guerreiro, mas também não é assunto meu, e espero que, se for para mudar algo na Igreja, que seja para melhor.

Desembainhou Lua Rubra. Olhou para a lâmina vermelha em suas mãos.

— Eu quero vingar a morte do tolo do meu irmão — ele disse, olhando para a adaga. — Vingança não é a única justificativa, o que é bom para a minha consciência, porque tenho um desejo muito maior. A verdade é que só quero retornar para a minha casa e viver o resto da minha vida jogando cartas e bebendo com meus amigos. Aproveitar os pequenos prazeres que a Igreja roubou de mim quando eu era jovem, burro e arrogante demais para ver a verdade. Vivi muitos anos matando monstros e pessoas que eram piores que monstros, gostava daquilo, porque *só conhecia* aquilo. Hoje... quero apenas minha vida banal de aposentado. Esta adaga, Lua Rubra, é tudo o que restou do meu irmão, por isso faço questão de mantê-la comigo, não abro mão dela. Estou arriscando minha vida por esse pedaço de metal. É um pensamento tolo quando paro para refletir, mas acho que ninguém está livre da tolice.

— Nossas justificativas serem válidas não significa que somos capazes — Dianna disse. — É isso que você quer dizer, Tony?

— Sim — ele respondeu. — E vocês achavam que, juntando-se a mim, o mais famoso Assassino Sagrado da pior época da Igreja, conseguiriam alcançar seus objetivos. É por isso que estão inseguros agora. A maior aposta de vocês não passa de um humano comum.

Um silêncio incômodo imperou entre eles.

— Não há problema nisso — Tony retomou e guardou a adaga na bainha. — Vou provar a vocês que mesmo três idiotas podem matar um imortal com um plano simples, mas executado com perfeição.

— Isso era para ser um discurso de motivação? — Dianna perguntou.

— Se for, não funcionou comigo — Ezendir disse.

Tony riu.

— Façam tudo conforme combinamos e retornaremos para casa daqui a algumas horas.

— Idiota — Dianna xingou, mas não parecia irritada. Havia até um tom de humor.

Dessa vez foi Tony quem ficou confuso.

— Não estamos inseguros — Ezendir disse, olhando sério para Tony. — Sabemos que temos uma chance de eliminar o vampiro. Em nenhum momento estamos pensando em abrir mão de nossas vidas a troco de nada. Estamos nessa jornada porque acreditamos que podemos vencer, apesar dos riscos. Apenas queríamos que houvesse outra forma, sem que você precisasse ser uma isca. Da maneira que você planejou...

Tony entendeu. Os dois não estavam com medo por suas vidas, mas tinham certeza de que ele não sobreviveria ao embate. Quando era um Assassino Sagrado, Tony serviu de isca incontáveis vezes para proteger seus companheiros.

— Não queremos que você morra — Ezendir completou. — Do jeito que você planejou, é suicídio.

— Entendi — Tony sorriu e deu um tapa amigável no braço do devoto. Olhou para Dianna. — Não se preocupem, vamos retornar vivos, nós três.

Estava surpreso, não esperava que os dois fossem se importar caso ele morresse. Firmaram um bom elo de companheirismo durante a viagem, mas não achava que o laço criado ao longo da jornada poderia significar mais do que aquilo.

— Eu sei que pode parecer besteira — Tony continuou. — Mas existe uma arma ainda mais poderosa que metais especiais, pedras mágicas e poções alquímicas — fez uma pausa teatral de suspense antes de continuar.

— Palavras. E as usarei com uma boa dose de atuação. Será o suficiente para deixar nosso alvo vulnerável por alguns instantes. Espero que vocês aproveitem a brecha. Acreditem em mim, sou bom ator.

— Não irei errar — Dianna garantiu.

— Trarei a justiça do Eterno — Ezendir afirmou. — Com Castigo Divino.

— Esse é o espírito! Quando tudo acabar, estão convidados para irem à minha casa — Tony disse, animado. — Quero que conheçam meus amigos. Vou até contratar um bardo. Vinho dos Batius, música e jogos de carta. E não se preocupe, Ezendir, você não precisa jogar se não quiser, mas quero sua companhia.

— Talvez eu jogue — ele respondeu sorrindo.

— Você é oficialmente meu primeiro amigo dentro da Igreja — Tony disse.

— Me diga uma coisa — Dianna aproximou-se. — Você realmente vai usar o nome do meu mestre?

— Ele é um dos maiores cavaleiros que esse mundo já viu. E com certeza o mais famoso ainda vivo.

Ela concordou com a cabeça.

— Então até mesmo o vampiro deve ter ouvido falar nele — Tony comentou. — Vai ser o suficiente para chamar a atenção, para puxar assunto. Os relatos dos sobreviventes que enfrentaram o vampiro contam que ele sempre indagava antes da contenda. Sempre perguntava o porquê de o estarem atacando, e quando percebia que não havia espaço para diálogo, transformava-se em sombras e matava todos. É possível inferir que, apesar de ser um monstro, ele ainda mantém boa parte de sua personalidade humana, e tenho certeza de que se surpreenderá quando vir que um único homem invadiu o morro para enfrentá-lo sozinho.

— Temos de ficar em total silêncio — Dianna comentou, olhando para Ezendir. — Ou o vampiro vai perceber que estamos escondidos.

— A maioria dos vampiros que conheci eram tão sedentos por sangue que partiam direto para o ataque, mas conheci monstros que gostam de conversar — Tony explicou. — Se for o caso, a vantagem é nossa. Distraído pela conversa e com os olhos somente em mim, ele não perceberá quando vocês o atacarem de surpresa.

Ezendir e Dianna concordaram.

E os três partiram. Tony foi na frente, conforme o planejado. Dali em diante, tentariam ficar em silêncio. Era difícil, porque a armadura de Ezendir era feita placas de metal, e os três carregavam espadas e armas que faziam barulho. Ainda assim, tentaram fazer o menor ruído possível e avançaram, cochichando ocasionalmente para comentar alguma coisa conforme caminhavam. Pularam sobre as pedras no lago para atravessá-lo, cada salto com

17 • Aço Vermelho

cautela para não resvalar. Então subiram o caminho morro acima, entre percursos lamacentos e matas altas.

Vez ou outra, ouviam os animais que habitavam o morro. Sabiam que o local era o lar de gatos selvagens, javalis do mato e até lobos, mas eles não os importunaram. Os três não demoraram para chegar às ruínas.

— Bem como eu pensei — Tony cochichou aos dois. — Não há nada além de destroços.

Andando a passos cuidadosos, os três exploraram o local. Gastaram cerca de uma hora para concluir que de fato o vampiro não estava escondido sob as rochas semidestruídas.

— Certo, ele só pode estar ali embaixo — Tony disse, mantendo o baixo tom de voz. Apontou para um grande alçapão com uma escadaria de degraus largos que levavam para baixo. Havia um destroço rochoso ao lado. — Não quero descer lá para confirmar. Vamos esperar.

— Devem ser os calabouços — Dianna disse, também o mais baixo possível.

— Ele só vai subir quando a noite cair — Ezendir comentou, praticamente murmurando.

— Estão vendo as hastes? — Tony perguntou aos dois. Havia cerca de quarenta longas hastes de madeira fincadas no chão, espalhadas pelo pátio quadricular de terra lamacenta, destroços rochosos e gramíneas.

Eles anuíram.

— Então é aqui que o vampiro empala suas vítimas — Dianna disse, caminhando pelos largos espaços entre uma haste e outra.

— Há sangue seco — Ezendir percebeu, passando a mão na madeira grudenta.

— É aqui que irei atuar — Tony afirmou. — Me ajudem a montar a iluminação.

Pegaram os sacos de pano e começaram a tirar as oito tochas e as duas lamparinas. Usaram pedaços de corda para amarrar nas pontas. Ainda era dia, mas trataram de acender tudo. Ezendir apenas precisava encostar a lâmina de Castigo Divino e deixar em contato com as tochas embebidas em óleo por uns instantes, até que pegassem fogo.

Tony fez um sinal para os dois e eles se dispersaram. Escondida cerca de vinte metros à esquerda, Dianna abaixou-se sob as ruínas de um pilar, já quase totalmente coberto pela vegetação que crescia ali, perfeitamente camuflada. Ezendir foi pela direita, a não mais que dez metros de distância, ocultando-se atrás de uma parede rachada. Respirando fundo, Tony agachou-se e abriu sua bolsa de couro. Retirou um frasco de vidro com um líquido quase transparente e começou a espalhar em seu pescoço, no rosto e nas mãos, depois o descartou. Era uma forte solução à base de alho. Dianna e Ezendir estavam usando a pasta que confundia o olfato do vampiro, e também havia um pouco de alho na receita, mas o objetivo era dificultar que o inimigo conseguisse sentir o cheiro do sangue dos dois. Agora, ao passar aquele líquido no corpo, feito com alho concentrado, Tony estava atraindo toda a atenção para si. Vampiros possuem o olfato apurado, e o cheiro de alho seria tão forte no corpo de Tony que não havia como o inimigo não focar a atenção nele.

Ainda havia outros frascos na bolsa, mas foram guardados para depois.

— Apareça, criatura do inferno! — Tony gritou.

Nenhuma resposta.

— Não importa quantos homens você matou! — ele continuou berrando. — Eles não eram como eu! Apareça e receba a justiça na ponta de minha espada!

Andando de um lado para o outro, como um impaciente cavaleiro, Tony continuou atuando.

— Eu não vou sair daqui até você aparecer, demônio! Esperarei até que saia de sua toca. Estarei aqui em cima, aguardando-o para o duelo!

As horas passaram. De vez em quando, Tony fazia questão de lembrar ao inimigo que ele ainda estava ali. Enquanto isso, Dianna e Ezendir continuavam escondidos.

— Está quase anoitecendo, monstro das trevas! — voltou a provocar. — Então você poderá sair do seu esconderijo, não é? Venha, minha lâmina anseia pelo seu pescoço!

As provocações foram ficando cada vez menos inspiradas, mas Tony conseguiu continuar com aquilo até o crepúsculo. Quando percebeu, a noite finalmente havia caído, com sua lua prateada e estrelas brilhantes no céu negro sem nuvens.

Então ele apareceu.

O morador daquelas ruínas subiu os degraus da escadaria a passos firmes. Assim que saiu pelo alçapão, empurrou a rocha que estava ao lado da entrada, tapando totalmente a passagem que levava para baixo. Aquele destroço era algo que talvez cinco ou seis homens teriam dificuldades de mover, mas ele o moveu com a mesma facilidade que um taberneiro empurra um barril de hidromel. Não portava armadura, apenas uma camisa cinza e uma calça de couro marrom. Trazia uma espada, mas a segurava despretensiosamente. Ele tinha o corpo esguio e longos cabelos loiros. Parecia um homem comum, bonito e com cara de nobre, mas Tony sabia que aquela forma mundana era apenas o disfarce para sua verdadeira aparência monstruosa.

17 • Aço Vermelho

— Finalmente — Tony disse. — Pensei que teria que descer e tirá-lo de sua toca à força.

O vampiro não respondeu, mas deixou seu olhar perder-se nas chamas das tochas e das lamparinas que haviam sido colocadas no alto das hastes. O semblante confuso denunciava que ele não estava entendendo o que estava acontecendo.

— Preparei o cenário para nosso duelo — Tony voltou a chamar a atenção do inimigo.

— Quem é você? — o vampiro perguntou.

— O cavaleiro que irá matá-lo — foi a resposta clichê que Tony conseguiu pensar. — Fui contratado pelo duque em pessoa para dar cabo de você.

— Sozinho?

— Você não sabe quem eu sou?

O vampiro negou com a cabeça. Ele estava com a guarda baixa, despreocupado, a não mais que sete ou oito metros.

Ele está tão relaxado, Tony pensou. *Mas ainda não é a hora certa. Não... vamos seguir com o plano.* Bastava que ele fizesse o sinal e Dianna entraria em ação, mas um passo errado e tudo estaria perdido. Tony achava que era melhor continuar fisgando a atenção da presa antes de abatê-la.

— Meu nome é Durion Montebravo — Tony disse. — Você já deve ter ouvido falar de mim.

— Mentira — o vampiro rebateu.

Tony não esperava aquela resposta, mas precisava dizer alguma coisa, ou seu silêncio comprovaria a falsidade.

— Por que eu mentiria? E quem além de mim estaria disposto a subir este morro e enfrentá-lo sozinho?

— Durion Montebravo é mais baixo que você — o vampiro afirmou. — Mais velho, mais forte e mais inteligente. Eu o vi uma vez, em uma taberna. Até conversei com ele, parecia ser um homem honrado, e nunca seria tolo a ponto de vir me enfrentar sozinho.

Tony pensou em continuar com as mentiras, mas resolveu improvisar e seguir por outra linha.

— Merda... — disse e passou a mão no rosto. — Eu não sabia que Durion era amigo de vampiros.

— Ele nunca soube que conversou com um vampiro. Provavelmente pensou que eu era um pobre camponês que estava na taberna para afogar as mágoas.

— Queira me desculpar, mas você não tem cara de camponês.

— Eu estava mais... debilitado na época.

— De qualquer forma, eu não vou embora sem lutar com você — Tony insistiu. Empunhou a espada que Miguel lhe deu. — Venha, estou preparado.

— Meu bom homem, qual o seu nome?

Bom homem? Tony ridicularizou em pensamento. *Vampiro maldito...*

— Antony — ele disse. Não faria diferença, o inimigo não conhecia sua identidade. — Meu nome é Antony.

— Antony... — o vampiro disse. — Sou Bernard.

Que se foda o seu nome, Tony pensou. *Você é um vampiro,* tentou focar na missão. *Apenas um vampiro, e matá-lo irá me libertar da dívida com o duque. Só quero voltar para casa.*

— Diga-me, por que você está cheirando a alho? — Bernard perguntou.

— Dizem que alho faz mal a vampiros. É por isso que você não quer se aproximar, não é mesmo? Está com medo do alho.

Por um instante, um pequeno sorriso escapou dos lábios do vampiro.

Desgraçado. Não estará sorrindo quando eu perfurar seu coração.

— Antony, eu não sei o que você quer provar, mas peço que, por favor, vá embora.

— Venha e me enfrente!

— Por favor, vá embora!

Mas que diabos!!! Que merda de vampiro é esse que não me ataca? À essa altura, ele já devia ter perdido a paciência. Mesmo com todo esse cheiro de alho, ele deveria estar sedento pelo meu sangue. Por acaso esse bastardo tem alguma empatia por mim?

Tony quase deixou de atuar quando seus olhos se arregalaram e ele percebeu que era exatamente aquilo que estava acontecendo.

Improvisando, seguiu outro caminho em seu personagem. Uma abordagem afrontosa não estava funcionando, era melhor vestir a carapuça de vítima.

— Eu pensei que você me mataria — Tony largou a espada no chão. Sua voz mudou, estava mais triste, a postura intrépida deu espaço para ombros caídos e um olhar cabisbaixo. — Eu...

Bernard também deixou sua espada cair.

— Por que você não me matou? — Tony perguntou.

— Talvez eu não seja o monstro que você pensa.

Ah, você é. Precisa ser.

— E essas hastes no chão?

— A prova de que posso ser um monstro, se eu quiser. Mas não quero. Não mais — respirou fundo antes de continuar. — E você, por que quer morrer?

Pensa em qualquer merda...

— Não sei. Apenas sei que viver está sendo mais difícil do que eu consigo suportar. Então pensei que... pensei que se eu viesse aqui, tudo acabaria rápido.

Bernard começou a se aproximar devagar.

Tony não se moveu.

Por quê? Tony não conseguia parar de pensar, estava difícil esconder a cara de espanto. *Por que esse desgraçado tem empatia por mim? Por que não quer me matar? Eu nunca vi isso antes...*

As chamas nas tochas reluziam e iluminavam o suficiente para que pudesse enxergá-lo com clareza. Quanto mais Bernard se aproximava, mas Tony percebia que não havia maldade no semblante daquele homem. Claro, a prepotência da nobreza estava estampada em cada traço de seu belo rosto, mas não havia nada de maligno em seu olhar.

E Tony sabia reconhecer olhares malignos, passara a maior parte de sua vida encarando-os nos monstros com os quais costumava lutar.

Ele não é um monstro. É um homem.

Afastou o pensamento e mentalizou o rosto do irmão. Precisava vingá-lo e queria retornar para casa.

— Eu também já quis morrer — o vampiro disse —, mas encontrei um motivo para continuar vivendo. Espero que você encontre o seu — ofereceu a mão para Tony cumprimentá-lo.

Ainda não é agora. Tenho um plano melhor.

— Obrigado — Tony apertou sua mão. Era fria, logo a largou. Então retirou a bolsa e a ofereceu a Bernard. — Aceite, como forma de agradecimento.

— Agradecimento? Não fiz nada por você.

— Poupou minha vida.

Torceu para que o vampiro não perguntasse o que havia ali dentro antes de abrir. Não havia pensado naquilo, não planejava entregar a bolsa, havia trazido apenas para guardar os recursos que precisaria usar em combate, mas agora havia surgido uma oportunidade de momento.

O improviso sempre era uma das melhores cartas de um bom ator.

— O que é isso? — Bernard perguntou, curioso. Pegou-a nas mãos e começou a desabotoar.

Então Tony deu alguns passos para trás.

Bernard o fitou, confuso.

— Achei que estava claro que não precisa ter medo de mim — ele disse, com a bolsa nas mãos.

Tony não respondeu. Levantou o braço esquerdo e fez um sinal simbolizando o ataque.

Um segundo depois, uma flecha encravou-se na bolsa antes que Bernard pudesse abri-la.

A ponta laranja chamuscou por um instante, incendiando.

E uma nuvem multicolorida explodiu em frente ao rosto do vampiro.

Um clarão tomou conta do alto do morro, diminuindo em seguida para deixar apenas a fumaça e o cheiro de substâncias explosivas no ar. Tony deu um salto para trás e protegeu o rosto, conseguindo escapar do alcance, mas nem assim evitou alguns chamuscados na armadura.

Na batalha contra os mercenários, dias atrás, Tony fora obrigado a usar boa parte de suas misturas explosivas. Agora havia utilizado o restante.

A fumaça baixou, revelando o vampiro em agonia.

Bernard urrava, levando as duas mãos em frente ao rosto.

O tórax estava todo coberto por queimaduras, sua pele derretendo, desmantelando-se e revelando a carne, grudando no que havia sobrado da lã de sua camisa. O rosto também parecia desmanchar aos poucos, sangrando e descendo para o queixo. A explosão o havia atingido da cintura para cima.

Ele conseguiu desviar, Tony concluiu. *Deve ter saltado para trás um milésimo antes da explosão. Do contrário, metade do seu corpo estaria em pedaços no chão.*

— Mais uma! — Tony gritou.

E outra flecha veio da escuridão, cintilando e deixando um rastro alaranjado, encravando-se no lado direito do peito de Bernard, que berrou ainda mais e caiu de joelhos no chão. Ele ainda rastejou para frente o mais rápido que pôde e pegou a espada que havia largado no chão minutos antes, mas Ezendir apareceu, empunhando Castigo Divino.

Um forte brilho dourado reluziu na lâmina quando ele a levantou sobre a cabeça. Então a baixou, com toda a força que tinha, brandindo a espada abençoada por um santo e fortificada pela pedra solar.

Bernard tentou se proteger, erguendo sua espada em frente ao corpo, mas Castigo Divino desceu sobre ele sem piedade. A espada do vampiro se quebrou ao meio quando Ezendir a golpeou, e a lâmina do devoto acertou a clavícula de Bernard, cortando a pele, rasgando a carne e quebrando osso.

Mais uma vez o vampiro urrou de dor, sua voz rouca arranhando o ar em agonia. Ezendir desenterrou a lâmina do corpo de seu inimigo. De súbito, Bernard conseguiu encontrar forças para agarrar o devoto pelo pescoço, pressionando-o a ponto de quase enforcá-lo. Ezendir largou Castigo Divino no chão e usou as duas mãos para tentar se desvencilhar, mas Bernard era muito mais forte, mesmo fatalmente ferido.

Tony sacou seu punhal e o atirou em direção ao vampiro, acertando-o no braço e forçando-o a largar Ezendir. Recuperado, o devoto soqueou o maxilar de Bernard, levando-o ao chão de vez.

O vampiro rastejou em direção a uma rocha, escorando-se nela. Seu corpo ardia e camadas de pele e carne se desmantelavam por causa da explosão e do efeito das armas embebidas em fragmentos da pedra solar.

Tony, Ezendir e Dianna aproximaram-se da presa.

— Ainda sobraram duas flechas com pontas da pedra solar — Dianna disse, orgulhosa por terem derrotado o vampiro tão facilmente.

— Vamos acabar com isso agora — a voz de Ezendir soou fraca. Passou a mão no próprio pescoço, dolorido pelo ataque do vampiro.

— Eu disse que ia dar certo — Tony comentou, mas não parecia feliz.

Abaixou-se diante de Bernard, deixou um joelho no chão e o encarou. O punhal que seu amigo Jargan havia lhe dado estava encravado no antebraço de Bernard, então Tony o puxou pelo cabo e desenterrou a lâmina.

— E o velho Jargan dizia que eu teria azar se não desse nome às minhas armas — ele disse, lembrando-se da conversa que tiveram em sua casa, no dia em que Miguel o visitou. — Se completar três anos sem nome, será uma arma de má sorte. Na hora que mais precisar, a lâmina falhará — disse, repetindo a frase que o velho havia dito naquele dia. — Parece que ele estava errado. Superstições são apenas superstições, afinal.

Continuou encarando o inimigo, que permanecia imóvel. Sua aparência pouco se diferenciava de um cadáver putrefato. Ele estava sofrendo.

— Reconhece essa adaga? — Tony guardou o punhal e sacou a adaga de aço vermelho. — Pertencia a meu irmão. Você o matou, aqui, nestas ruínas. Ele trouxe uma pequena tropa e tudo o mais, mas não foi o suficiente. Não o culpo, Bernard. Meu irmão o atacou, você se defendeu. Mas você não devia ter deixado um dos soldados escapar levando essa arma. Dizem que o aço vermelho é letal a vampiros, você deveria saber disso. E por mais que eu não tenha nada contra você, sinto que preciso vingar meu irmão, e sinto que não há melhor maneira de fazer isso do que com essa arma.

Enquanto falava, Tony analisava o rosto desconfigurado do vampiro. Estava tão ferido que era quase impossível reconhecer os traços do belo homem que o recepcionara no alto do morro quando a noite caiu. Ainda assim, seus olhos avelã estavam ali, arregalados, em uma mistura de raiva, dor e sofrimento. O vampiro observou a lâmina vermelha e tentou falar alguma coisa, mas sua voz não saiu.

— Um exército tem seu valor, mas o poder das palavras é incontestável. É com elas que a maioria das pessoas consegue levar outras para a cama e, às vezes, até conquistar seus corações. É com elas que você pode tocar fundo a alma de alguém e com elas amizades são criadas e desfeitas. Guerras começam porque alguém disse a coisa errada na hora errada — Tony deu uma última olhada na adaga, então a empunhou como para o ataque. — Se eu tivesse subido o morro ofensivamente, na tentativa de abrir sua guarda com um golpe dessa adaga, você teria desviado. Eu estaria morto agora. Mas optei por usar palavras em vez de lâminas. Eu nem sequer tinha um roteiro pronto, apenas uma ideia. A maioria foi improviso. Sua guarda estava tão baixa que não percebeu a verdade ao seu redor.

— Eu... eu nunca... — Bernard conseguiu balbuciar entre gemidos de dor.

— Chega — Tony disse. — Hora de descansar.

Enfiou Lua Rubra no coração do vampiro. Pressionando lentamente, certificou-se de que a lâmina penetrasse completamente em seu peito. Bernard arregalou os olhos ainda mais, um filete de sangue escapou pelos lábios. Então, com um último suspiro, parou de se mover.

Tony deixou a adaga encravada no corpo da vítima, levantou-se e respirou fundo. Parecia exausto, mesmo que praticamente não tivesse lutado.

— Está feito — ele decretou.

— Devo admitir — Dianna disse. Parecia ter tirado o peso de uma montanha das costas. — Eu nunca vi uma atuação como a sua. Foi péssima, ainda assim funcionou muito bem. Você já fez parte de alguma trupe viajante? Teatro corre nas suas veias! — brincou. Não queria conter a animação.

— Não — Tony respondeu —, mas uma das melhores formas de vencer um predador é fingir ser uma presa.

— Você não parece feliz — Dianna comentou, sem entender o motivo.

— Ah, eu estou — Tony mentiu e forjou um sorriso. — É claro que estou.

Estou indo para casa, pensou. *É isso que importa.*

Já havia matado outros vampiros, mas não daquele jeito. Bernard parecia diferente, o mais humano de todos os monstros que já havia enfrentado. Seu inimigo havia sido tão ingênuo que Tony não se sentia feliz com a vitória; chegava a dar pena explorar a bondade dele e depois matá-lo. Bernard havia sido complacente, demonstrou empatia, e sua recompensa foi a dor, o sofrimento e a morte. Parecia ironia demais. No fim, para matar o monstro, Tony teve que aproveitar-se de sua humanidade.

Por que eu não estou feliz?

— Ezendir, se importa de cortar a cabeça dele? — Tony disse. — Por precaução.

— Com prazer — o devoto respondeu. — Pela graça do Eterno.

— Faça isso com sua espada — Tony sugeriu. — Apenas deixe eu pegar minha adaga primeiro.

Tony abaixou-se e pegou no cabo de Lua Rubra. Puxou-a, mas a arma não saiu do peito de Bernard.

— Que merda é essa... — ele murmurou. — A adaga não sai!

E as trevas cresceram do chão. Sombras começaram a tomar conta de Bernard, envolvendo-o por completo, como uma densa energia negra. Como as águas escuras de uma lagoa à noite, as sombras engoliram a adaga de aço vermelho, completamente envolvida pela escuridão.

Surpreso, Tony afastou-se agilmente antes que a sombra também se apossasse dele.

— Merda! Como? — esbravejou, confuso.

— O que está acontecendo? — Ezendir perguntou. Empunhou Castigo Divino e preparou-se para atacar.

Dianna largou o arco no chão e sacou Ventania.

As sombras esgueiraram-se para dentro do alçapão, passando por baixo da rocha que tapava a entrada e rastejando escadaria abaixo, levando Bernard consigo, como uma capa de trevas arrastando um corpo imóvel.

— Que merda foi essa? — Dianna perguntou, tentando manter a calma.

Tony engoliu em seco. Correu para onde havia largado a espada dos Duragan e a pegou.

— Havia relatos de que o vampiro domina as sombras — disse, tentando não se desesperar. — Mas não pensei que ele fosse sobreviver às explosões, aos ferimentos de flechas e espada com o poder da pedra solar. Que tipo de monstro é esse? — perguntou, mais a si mesmo do que aos outros.

— Devemos retroagir? — Ezendir perguntou.

— Não — Tony afirmou. — Ele está ferido, não teremos outra chance.

— Vamos descer a escadaria? — Dianna quis saber. — Com essa rocha na frente, não vamos conseguir.

— Não temos escolha — Tony disse. — Vamos esperar um pouco — sacou o punhal com a mão esquerda e manteve a espada na direita. — De qualquer forma, não nos restam alternativas. É hora do confronto direto.

A Eternidade com Você

- Vika -

Ela havia feito exatamente como Bernard pedira; esperou, quieta, no fundo do corredor.

Desejou boa sorte quando ele subiu, mas estava morrendo de ansiedade por causa da demora. Pôde ouvir vozes conversando no nível acima, embora não conseguisse compreender o que estavam falando.

Só há uma voz além da do Bernard, ela percebeu. *Alguém subiu o morro sozinho?*

Ficou alguns minutos pensando naquilo, intrigada, agarrada a um dos livros que Bernard havia lhe dado. *Não, ninguém subiria esse morro sozinho. Seria loucura.*

Então lembrou-se de que havia sido exatamente assim que ela tinha ido parar ali.

O estrondo de uma explosão fez Vika emergir de seus pensamentos. Angustiada, com o coração quase saindo pela boca, largou o livro no chão e correu até o primeiro degrau da escadaria que levava para cima.

Por favor, esteja bem.

Mas algo claramente não estava bem. Os barulhos de um rápido embate sucederam a explosão, um grito de agonia reverberou pelo morro.

Bernard!?

A voz estava distorcida, como a de uma fera sofrendo, mas Vika reconheceu o timbre.

Pensou em subir os degraus. Sabia que não seria útil em batalha, mas não permaneceria ali, esperando enquanto Bernard sofria.

Então as sombras desceram as escadas, como um tapete negro resvalando pelos degraus. Vika se afastou, espantada, e as trevas deram lugar a Bernard. Ele estava quase irreconhecível, sua pele exalava fumaça e se desmantelava, revelando músculos ensanguentados. Ele estava suprimindo a dor, tentando não gemer alto demais. Rastejou até o final do corredor e sentou-se no chão, de costas para a parede. Uma flecha se destacava encravada no lado direito de seu peito.

Vika pegou uma tocha na parede e correu até ele.

— O que...

— Shhhh! — ele colocou o indicador em frente à boca, fazendo um sinal de silêncio. Então cochichou. — Não fale alto, vão ouvi-la.

— Você está muito ferido — ela murmurou, quase chorando. — Eu... eu vou fazer um remédio para você. Eu só preciso das plantas certas. Eu...

— Não — ele a interrompeu. — Eu apenas preciso ficar aqui um pouco, até me recuperar.

Vika percebeu que, em sua mão direita, ele segurava uma arma diferente da espada que havia levado para confrontar os invasores. Era uma adaga bonita, com pomo em forma de meia lua. Um leve brilho vermelho cintilava na lâmina.

— Foi com uma arma assim que meu pai fez o ritual, décadas atrás — ele cochichou entre gemidos de dor. — Tenho que agradecer às lendas de que o aço vermelho é letal contra vampiros, quando na verdade é o oposto.

Ele não conseguia evitar os gemidos de dor, mas Vika notou que aquilo era um bom sinal. Os ferimentos pareciam se regenerar rapidamente, como que por mágica. O rosto já estava quase tão belo quanto costumava ser, e as queimaduras no tórax simplesmente desapareceram, deixando apenas pequenas marcas de chamuscado. Os únicos machucados que não saravam eram o furo em que a flecha estava encravada e um corte feio na clavícula, bem perto do ombro. Nessas chagas, o sangue ainda escorria, e uma frágil fumaça exalava, espiralando no ar.

— Esses ferimentos... — ela disse, receosa.

— Me atingiram com uma coisa diferente, vai demorar dias para regenerar — ele explicou, recuperando as forças a cada segundo. Segurou a flecha e quebrou a madeira, deixando uma pequena lasca para fora, mas não conseguiu tirar a ponta alaranjada de dentro da carne. — Não vou conseguir tirar, dói demais, é melhor deixar aqui, sem mexer. Não sei o que há nessa flecha, nem naquela espada. Mas queima, sinto o calor me afligindo dentro do peito. É como se tivessem me cortado com um pedaço afiado do sol.

— Estão te atacando com um exército maior dessa vez?

— Não. São apenas três invasores...

Três!?

— Então não há com o que se preocupar — Vika disse, tentando buscar esperança. — Você já derrotou exércitos.

— Esse trio... eles não são como os outros.

— O que você quer dizer? Você...

— Vika... — ele pegou suas mãos. — Preciso subir de novo, mas não sei se vou voltar.

— Não fale isso.

— Sinto que esses ferimentos não vão sarar.

— Me transforme! — Vika pediu, tendo que se conter para não gritar. — Eu posso ajudar na luta, se eu ficar mais forte. Me transforme em uma vampira.

— Não posso! — ele abafou o próprio grito. Estava visivelmente angustiado. — Você ficaria assim para sempre, Vika.

— Assim como?

— Sua mente continuaria se desenvolvendo, você cresceria em mentalidade, em personalidade, mas continuaria presa a um corpo de criança. Já imaginou isso?

— E você acha que eu me incomodo com isso? — Vika perguntou, sem conseguir evitar as lágrimas. — Prefere morrer do que aceitar minha ajuda?

— Mesmo que eu a transforme agora, você não poderia me ajudar, Vika. A transformação não é instantânea. Demora horas, às vezes dias.

— Eu quero ser imortal! — ela exigiu, enxugando as lágrimas e olhando sério para ele. — E quero passar a eternidade com você!

— Não.

— Por favor!

— Não posso...

— Eu imploro! — ela chorou, agarrando-se a ele. — Eu imploro! Por favor...

Ele engoliu em seco, respirando fundo.

— Eu... — ele hesitou um pouco. — Não posso Vika. Não posso.

— Eu sei que sou uma criança — ela disse, olhando em seus olhos. — Mas eu *quero* isso, e não temos muitas opções. Eu realmente quero ficar com você, pai. Para *sempre*. Por favor.

Os dois mergulharam nos olhos um do outro durante um momento. Naquele segundo de cumplicidade, Vika tentou ler a alma de Bernard e abriu totalmente o seu coração para que ele também tentasse enxergar a sua.

— Pai... — ela insistiu entre um soluço de choro.

E um silêncio sepulcral preencheu o calabouço.

LUA RUBRA
- TONY -

Esperar sempre era a pior parte. Já fazia alguns minutos que o vampiro havia descido as escadas rumo aos calabouços. Tony suava frio, empunhando a espada com uma mão e o punhal com a outra.

— Acho que ele não vai subir — Dianna disse. As mãos firmes no cabo de Ventania. — Vamos atrás dele. Não podemos dar tempo para ele se recuperar.

— Não vamos conseguir mover uma rocha desse tamanho — Tony disse. — Se ele não subir enquanto é noite, teremos que retroagir quando o dia nascer. Ele com certeza não sairá à luz do sol.

— Quanto mais o tempo passa, mais ele se recupera — Ezendir comentou. — Você mesmo disse que vampiros possuem regeneração acelerada. Não podemos ir embora agora.

Na verdade, podemos, Tony pensou.

— Acho que não é uma má ideia ir embora — Tony disse. — Esse cara... esse vampiro. Não é como os outros que matei.

— Do que diabos você está falando!? — Dianna gritou. — Viemos até aqui para isso. Temos uma missão a cumprir. É aqui, neste morro, que faremos nossos nomes para sempre.

Ah, o orgulho, Tony refletiu. *Ela precisa mostrar ao mundo do que é capaz.*

— Nossa jornada não foi nada fácil — Ezendir disse. — Você quase morreu para chegar até aqui. Quer desistir agora?

— O problema é que... — Tony disse. — Esse vampiro nem parece um monstro. Vocês ouviram a conversa, não ouviram? Que tipo de monstro tem empatia por uma pessoa como eu?

— Um monstro é um monstro — Ezendir afirmou. — São afrontas à figura do Eterno. Devem ser eliminados.

Claro, Tony pensou. *Sair daqui de mãos vazias não é uma opção para você.*

— Certo — Tony murmurou. Tentou se concentrar. — Certo! — falou em voz alta, meio que para se convencer. — Vocês estão certos, mas devemos encarar a realidade. Não temos muitas opções aqui.

No fim, as motivações pessoais de Dianna e Ezendir eram o que Tony precisava para não desistir da missão. Mas a verdade é que, quanto mais os minutos passavam, mais Tony se convencia de que o vampiro não retornaria tão cedo. Então ele aproveitou para tentar pensar em um plano, mas não havia mais nada de muito elaborado que pudesse preparar. Já havia usado todos os explosivos, e o vampiro fugiu levando consigo Lua Rubra e uma das flechas fortificadas.

— Peguem as lamparinas nas hastes, para iluminar melhor à volta de vocês — Tony disse. Demandava como um capitão, não apenas um companheiro. — Eu vou ficar um pouco à frente.

Ezendir massageava o próprio pescoço.

— Pensei que o maldito me enforcaria — ele disse, pegando uma das lamparinas. — Mas já não estou sentindo dor.

— Então as poções estão funcionando — Tony comentou. — A dor também estará suprimida por um tempo, assim como seus reflexos devem estar mais apurados. Mas não pensem que isso é o suficiente. As poções são apenas um complemento. Mantenham a guarda alta.

— E qual o plano agora? — Dianna disse, pegando a outra lamparina.

Tony pensou um pouco. Então suspirou.

— Apenas o óbvio — respondeu e foi na frente. — Assim que ele aparecer, ataquem com tudo.

Tony estava com as duas mãos ocupadas, então não segurava nenhuma fonte de iluminação, mas Dianna e Ezendir permaneceram próximos a ele, cada um segurando uma lamparina acesa.

Foram longos minutos de ansiedade, angústia e silêncio. Dianna parecia totalmente focada na batalha, os olhos muito atentos, a mão apertando o cabo da espada com força. Ezendir estava em transe; ou em uma oração silenciosa ao Eterno. Suava frio, mas o semblante era duro e austero como um monolito.

Ainda assim, ninguém aguentava mais esperar. Há um limite para o qual uma pessoa consegue ficar em alerta total.

— Apareça! — Dianna demandou berrando.

— Vamos continuar esperando — Tony disse. — Não se desesperem.

Outro longo período de espera fez com que todos desanimassem.

— A quem queremos enganar... — Tony reclamou, cansado. Baixou a guarda, os braços já estavam exaustos de segurar as duas armas em postura defensiva por tanto tempo. — O maldito não irá volt...

E as sombras retornaram para o morro, esgueirando-se para fora do calabouço por sob a rocha que tapava o alçapão.

— Ergam a guarda! — Tony gritou aos companheiros.

Não soube dizer se os outros dois fizeram como ele mandou. Só viu quando o breu veio como uma entidade obscura, tomando conta de tudo. Seu coração acelerou, as mãos suavam sem parar. Respirou fundo e preparou-se. Assim que sentisse a aproximação corpórea de Bernard, brandiria a espada em sua direção.

Mas as trevas vieram e passaram, e Tony não havia sido atacado.

Merda, pensou. *O alvo não era eu.*

Ouviu o som de placas de metal batendo no chão, seguido pelo barulho de algo caindo e quicando e rolando. Por fim, o estardalhaço de vidro se quebrando e de um foco incendiário se alastrando no solo.

Tony olhou para o lado e não enxergou Ezendir.

Engoliu um suspiro de espanto quando viu o corpo decapitado do devoto caído, Castigo Divino largada a seu lado. A lamparina se quebrou contra o chão, derramando óleo e um pequeno foco de chamas dançantes, que logo se apagaram por causa do vento intenso no morro. A cabeça de Ezendir ainda rolava para o lado, afastando-se do corpo.

Sem tempo para últimas palavras, sem chances de uma última oração ao Eterno, o deus a quem devotara sua vida. Não, não havia uma última oportunidade para nada.

Sua vida havia sido ceifada pelas garras de um monstro.

— Guarda alta! — Tony gritou para Dianna. Largou sua espada e pegou Castigo Divino. Era bem mais pesada do que ele gostaria. — Mantenha a guarda alta!

As chamas nas tochas no alto das hastes foram se apagando uma a uma, como se um fantasma estivesse assoprando. Tony percebeu um rastro semelhante a uma silhueta humana correndo, com os cabelos esvoaçando.

Ele é rápido, Tony pensou, mas já esperava aquilo. *Se está fazendo isso em sua forma corpórea, significa que não pode atacar quando se transformar em sombras.*

A única iluminação que sobrou foi a lamparina na mão esquerda de Dianna.

Ele vai ir atrás dela agora...

— Dianna! — gritou para ela. — Você...

— Eu sei! — ela berrou em resposta.

Quando um rastro veloz tentou atacá-la pelas costas, Dianna virou-se rapidamente e atirou a lamparina em sua direção. Bernard defendeu-se com a adaga de aço vermelho, quebrando o vidro e embebendo a lâmina escarlate com óleo. A adaga começou a pegar fogo, obrigando o vampiro a largá-la.

Ele grunhiu de dor e mostrou os enormes caninos.

Já está quase totalmente curado... Tony constatou ao ver seu corpo iluminado pela luz das chamas, que logo se extinguiram da adaga no chão.

Era difícil enxergar no alto do morro sem as tochas nas hastes, o que piorava a situação para Tony e Dianna; o breu só não era total por causa da luz do luar e do brilho das estrelas no céu sem nuvens. Tony também usava Castigo Divino como fonte de iluminação; a espada emanava uma fraca energia dourada por causa da pedra solar. Sacou o punhal e arremessou contra Bernard, obrigando-o a desviar para o lado. A lâmina simplesmente cruzou o ar e errou o alvo, mas Dianna aproveitou que o vampiro estava ocupado se defendendo e atacou com Ventania. Gritando enquanto brandia a espada, desenhou um arco de vento quando golpeou o ar. Uma rajada cortante voou para cima de Bernard e o atravessou.

No mesmo instante em que ele havia invocado as trevas e se ocultado dentro delas.

— Desgraçado! — Dianna xingou e voltou a erguer a espada.

— Atrás de você! — Tony gritou.

Tarde demais. As trevas correram pelo chão em um piscar de olhos, passando por baixo dos pés de Dianna e revelando o corpo de Bernard atrás dela. Nesse movimento, as sombras haviam absorvido Lua Rubra no chão, e agora o vampiro a empunhava novamente. A cavaleira se virou em reflexo e conseguiu golpear a lâmina da adaga com um ataque de Ventania, mas enquanto Dianna precisou das duas mãos para atacar, Bernard havia usado somente uma para empunhar a lâmina. Com o punho que estava livre, acertou um soco em cheio no rosto de Dianna, que caiu metros para trás.

E de lá não levantou.

— Eu não sei quem você é — Bernard disse para Tony. — Mas sei que é por causa de homens como você que eu havia perdido a fé na humanidade.

— O monstro aqui é você — Tony respondeu, dando passos cautelosos em direção a Dianna, que continuava estirada no chão.

— Você sabia que eu não iria atacá-lo — o vampiro continuou. — E mesmo assim me enganou, tentou me matar. Eu lhe dei uma chance de sair com vida e você desperdiçou.

— A vida não é tão simples como parece, amigo — Tony disse, já se aproximando do corpo da cavaleira. — Acredite, eu não estaria aqui se não precisasse.

Para quem estou mentindo, Tony refletiu. *Eu poderia ter dito não. Eu poderia ter negado a demanda do duque.*

Piscou e afastou o pensamento, não ajudaria em nada naquela hora. Observou melhor o vampiro. As marcas de queimadura já haviam quase desaparecido, o rosto voltara ao normal. Não fosse o furo no peito e o corte na clavícula, ele estaria imaculado.

Vampiros possuem regeneração acelerada, mas ele...

Era absurdo. Poucos minutos atrás, o vampiro estava para morrer. Agora estava ali, diante dele, como se nada tivesse acontecido.

— Seu motivo não importa mais — Bernard decretou. Com passos largos e ágeis, partiu para cima de Tony. — Você jogou fora sua chance de viver.

Tony já estava quase alcançando Dianna, mas Bernard o alcançou antes. Quando viu que o vampiro estava chegando com a adaga em punho, desistiu de alcançar o corpo da cavaleira e brandiu Castigo Divino contra Bernard, mas o ataque saiu lento demais em comparação à agilidade do oponente, que apenas desviou para o lado e enfiou Lua Rubra em seu peito, rasgando com facilidade a camada de couro leve da armadura.

Merda... ele pensou quando sentiu a adaga penetrar no corpo e raspar um osso da costela. *Não se desespere, ele errou o coração, o passo que eu dei para o lado antes de ele me atingir foi exatamente o necessário para esquivar.*

Ainda assim, sangue escapou de seus lábios. O corte havia sido feio, lacerando sua pele e músculos com uma perfuração irregular. Ele deixou o peso do corpo cair para frente, baixando a cabeça e descansando o queixo no ombro de Bernard, como um bêbado escorando-se no amigo. Fraco, largou Castigo Divino.

— Acabou, Antony — Bernard decretou, a voz triste, porém severa. Desviou o corpo para o lado lentamente, deixando Tony se estatelar no chão, diante do corpo de Dianna. — Se esse for mesmo o seu nome.

Tony o ignorou e esticou o braço para perto da companheira caída perto dele.

Bernard agachou-se diante dos dois.

— Vocês eram amantes? — ele perguntou. — Poético que morram um ao lado do outro.

Tony enfiou a mão sob o corpo de Dianna e revirou o que estava ali. Recolheu o braço novamente e engoliu um gemido de dor.

— O que você está fazendo? — Bernard voltou a questionar.

Com o pé, virou o corpo de Tony de barriga para cima.

— Morre, miserável! — Tony rugiu.

E fincou uma flecha de ponta abrasante no tendão do pé de Bernard, puxando-a de volta logo depois, ensanguentada e com cheiro de carne queimada. Era muito mais fácil atacar com um objeto leve como aquele do que com a espada pesada.

O vampiro largou a adaga de aço vermelho e gritou de agonia. Ele rapidamente deu um passo para trás, mas Tony ergueu-se com toda a força que pôde reunir e atirou o próprio corpo para cima de Bernard. Aproveitando o ensejo, atacou com a flecha como se ela fosse um punhal de perfuração, encravando sua ponta laranja no pescoço de Bernard, fazendo jorrar um farto jato de sangue.

Bernard caiu para trás, as pernas moles e o corpo tremendo. Desesperado, agarrou o próprio pescoço e pressionou, na tentativa de evitar que o sangue escapasse pelo ferimento. Inútil. Sua vida se esvaía com a mesma velocidade com que seu tórax era banhado em vermelho.

Tony rastejou para perto de Bernard, mas não a ponto de ficar dentro de seu alcance. Tentou levantar-se, porém não conseguiu, estava perdendo sangue pela estocada que o vampiro lhe afligira com Lua Rubra.

— Eu trouxe essa adaga como um trunfo, jamais imaginei que você me mataria com ela — Tony disse, preparando-se para o pior. — Eu também não esperava que você fosse resistir a ela, todos sabem que aço vermelho é prejudicial a vampiros. Você é um desgraçado resistente.

Bernard não respondia. Difícil enxergá-lo na noite, mas era possível ver que ele estava caído no chão, olhos arregalados, debatendo-se com as mãos no próprio pescoço, tentando evitar perder mais sangue, que escorria por todo o corpo.

— Eu... — desesperado, ele tentou falar, mas gorgolejava o próprio sangue.

— Eu disse — Tony continuou. Estava ficando cada vez mais cansado. — Você nunca devia ter sido tão displicente a ponto de deixar um dos seus inimigos fugir, ainda mais levando uma adaga com esse tipo de aço. Essa arma pertencia a meu irmão — olhou para Lua Rubra, a lâmina vermelha reluzindo, caída a alguns metros perto dos dois. Um súbito frio tomou conta de seus ossos; não eram apenas os ventos do outono de Fáryon.

168   Lua Rubra

Era aquela de quem Tony vinha se esquivando há anos.

A morte.

— Eu... — Bernard mais uma vez fez todo esforço que pôde para falar. — Eu nunca... vi essa adaga na minha vida — conseguiu completar a frase.

Tony franziu o cenho e o encarou, sem acreditar.

— Mentira — apenas disse.

Então pensou um pouco mais.

Talvez meu irmão sequer tenha tido a oportunidade de sacá-la em combate, ponderou. *Ou talvez o vampiro já tenha lutado contra tantos homens com tantas armas diferentes, que ele não se lembraria de todas. Não, isso não pode ser.*

Lua Rubra tinha um aço diferente e um cabo muito característico em forma de meia lua deitada.

Então os olhos de Tony se arregalaram e ele percebeu o que estava acontecendo.

Ou talvez meu irmão nunca tenha subido esse morro, refletiu, atormentado pela ideia. *Miguel o pegou e confiscou sua adaga. Deve tê-lo matado, ou ainda o mantém como refém nos calabouços de seu castelo, na capital. Tudo o que precisou fazer foi forjar alguns relatos dos sobreviventes e misturar aos relatórios originais, criar uma história para me atrair até aqui. Porque ele sabia que era o único jeito de me fazer aceitar a missão. E eu era o único que conseguiria cumpri-la.*

Entre tossidas ensanguentadas e gemidos de dor, Tony começou a rir. Olhou para Bernard uma última vez: o vampiro estava imóvel, sangue escapando pelas mãos, que tentavam estancar a ferida do pescoço.

— Ah, que merda... — Tony balbuciou. As pálpebras ficaram pesadas demais para que ele mantivesse os olhos abertos. — Eu devia ter mandado o duque se foder. Eu... jamais deveria ter saído de casa.

Olhou para Lua Rubra no chão e então olhou para a verdadeira lua no céu. Imaginou-a vermelha como o aço da adaga, coberta de sangue. Estava começando a delirar. Cansado, fechou os olhos.

Ainda consciente, sabia que havia chances de sobreviver, se tivesse forças para se levantar e procurar material para fazer um curativo. Mas não tinha, e por isso continuou ali, sangrando e perdendo a vitalidade a cada segundo. Havia dado a vida para matar um homem que sequer conhecia, não tinha nada contra ele, a não ser o fato de ter matado seu irmão. E agora nem mesmo disso ele tinha certeza. Tony tentou preparar-se para encarar uma morte sem arrependimentos, mas não conseguiu.

Uma única coisa o confortava. Desde seus tempos como Assassino Sagrado, Tony nunca havia deixado de cumprir uma missão. E agora, mesmo

19 • Lua Rubra

em uma jornada da qual se arrependia de ter aceitado, ele estava certo de que seu inimigo morreria.

Ainda que tivesse lhe custado a vida, o maior caçador de monstros que já existiu havia cumprido sua última demanda. Não poderia ser diferente. Caçadores de monstros não morrem serenos em uma cama confortável.

E ali ele deu seu último suspiro, no alto de um morro escuro, rodeado pelas ruínas de um castelo e na companhia de seu inimigo, a quem Tony, por mais que tenha tentado, não conseguiu odiar.

- DIANNA -

A cabeça doía como se fosse implodir. Dianna forçou-se a abrir os olhos. Semicerrou as pálpebras, estreitando a visão, e percebeu que o sol estava distante no céu arroxeado. O crepúsculo já estava partindo, abrindo caminho para a noite. Fazia frio, com os ventos gelados do outono uivando no alto do morro.

Fiquei desmaiada quase um dia inteiro?

Lentamente, Dianna pôs-se de pé. Viu que havia derrubado algumas flechas quando caiu, mas a aljava ainda estava em suas costas. Passou a mão na nuca e sentiu o ferimento, o sangue grudara nos cabelos. Estava doendo, mas era suportável. Lembrou-se do momento em que o vampiro a golpeara no rosto e do baque surdo que ouviu quando bateu com a própria nuca no chão. Desmaiada, ficara fora de ação a noite toda. Tocou o próprio nariz, também doía, mas não parecia estar quebrado.

— Que merda, Tony — ela balbuciou ao ver o companheiro escorado numa rocha. Ele não se movia e estava com a cabeça baixa. — Que merda.

Então virou-se em direção ao alçapão e enxergou uma criança com uma tocha acesa.

De onde ela saiu?

A criança devia ter vindo de alguma parte do morro, ou de algum vilarejo próximo. Ela parecia ter entre nove e onze anos e estava agarrada a um livro. Trajava um vestido longo de lã bordô e um cachecol velho no pescoço, um conjunto ideal para o frio do outono, peças simples, mas práticas.

Ao aproximar-se dela, notou que a garota chorava, olhando para a frente, onde só havia uma camisa e uma calça largadas no chão.

As vestes do vampiro?

Estavam ali, mas não havia corpo. Os ventos só não arrastaram as roupas para longe porque havia um grande pedregulho na direção contrária às correntes de ar. No chão, um pequeno punhado de carne carbonizada, rodeado por cinzas que logo se dispersariam.

A luz do dia... Dianna concluiu, sentindo o cheiro de carne queimada. *Reduziu o vampiro a isso. Mas ele não esperaria pela morte, deve ter morrido antes do dia nascer. O sol apenas desintegrou seu corpo.*

— A viagem... — a criança balbuciava, chorando. — Eu falei que era para... — ela não parava de olhar na direção das roupas e do que sobrara do vampiro.

Dianna afastou-se um pouco para pegar Ventania, que estava no chão. Então aproximou-se da criança, que continuava balbuciando.

— O melhor perfume do mundo — ela chorava. — Por que você...

— Ei! — Dianna chamou a atenção da criança. — Quem é você? Está perdida?

Guardou Ventania na bainha e abaixou-se perto da menina.

— Garota... — Dianna tentou de novo, oferecendo a mão a ela. — Venha comigo, está tudo bem.

Ela hesitou.

— Qual o seu nome? — repetiu, tentando soar simpática.

Havia algo no olhar da garota, um sentimento lúgubre que Dianna não soube decifrar.

— Vika — ela respondeu, enxugando as lágrimas.

— Sou Dianna. Venha, está segura agora. Não tenha medo.

A garota pensou um pouco antes de caminhar para a frente. Passos cautelosos, como um filhote assustado pela presença de um predador.

— Não sou uma ameaça — a cavaleira reforçou, abraçando a criança.

Vika deixou que Dianna a abraçasse, mas não a abraçou de volta.

— Como você veio parar aqui? — perguntou. Queria entender como era possível que uma criança como ela estivesse ali, no mesmo lugar que um vampiro. — Venha, dê-me essa tocha. Vou levá-la para um local seguro.

Olhando para o lado, Vika apontou para a adaga de aço vermelho no chão.

— Aquela adaga — ela disse. — É sua?

Com a tocha em mãos, Dianna foi até lá e pegou Lua Rubra, guardando-a improvisadamente na aljava.

Ainda bem que a criança viu. Melhor eu levar a adaga de volta a Miguel.

— Vem — Dianna insistiu. — Vamos sair daqui.

De mãos dadas com Vika, partiu em direção ao caminho que levava à descida do morro.

Pobre criança, Dianna pensou. *Bom, ao menos serei vista como uma grande heroína,* ela refletiu. *Não apenas fui a única a sobreviver à luta contra o vampiro, como salvei uma criança. Sinto muito, Tony e Ezendir, mas pelo menos nossa demanda não foi em vão.*

Sem nenhum sentimento de culpa, Dianna ficou feliz ao pensar no reconhecimento que teria ao voltar para a capital. Vika estendeu os braços, como que pedindo que Dianna a carregasse.

A cavaleira a pegou no colo e deixou que repousasse a cabeça em seu ombro, com os olhos voltados para as ruínas. Olhando para trás, por um segundo, uma leve cintilação escarlate destacou-se em suas íris, sumindo no instante seguinte.

Ela parecia reprimir não somente sua voz, mas um desejo obscuro, como um céu que tenta adiar o máximo possível as nuvens cinzentas, mesmo sabendo que inevitavelmente a tempestade irá chegar.

— Vika... — Dianna disse ao perceber que a garota estava respirando descompassadamente. — Está tudo bem?

Nenhuma palavra veio, mas a guerreira sentiu as pernas amolecerem quando uma dor aguda afligiu seu pescoço. O flagelo espalhou-se pelo corpo como se uma faca dilacerasse sua alma. Aturdida, largou a tocha, dobrou os joelhos e caiu no chão.

A última coisa que viu foi a garota.

Com lábios em um vermelho intenso, ela parecia um animal faminto.

Tentou manter os olhos nela, mas a visão ficou embaçada. Não sentia o próprio corpo. O mundo virou um borrão, seu peito preencheu-se de medo. E tudo se tornou escuro e frio.

FIM.